PÁSSARO DE FOLHAS

CELSO BICUDO

Direção editorial: *Eduardo Viegas Meirelles Villela*
Suporte editorial: *Ana Carolina Santin Guerra*
Revisão de língua portuguesa: *equipe EV Publicações*
Revisão técnica: *Ricardo Bonacorci*
Ilustrações: *Celso Bicudo*
Diagramação e projeto gráfico de miolo: *Marcelo da Paz*
Finalização de arte completa de capa: *Marcelo da Paz*
Impressão: *Hawaii Gráfica*

Dados Internacionais de Catalogação na Publicação (CIP)
Bibliotecária Juliana Farias Motta CRB7/588

B583p Bicudo, Celso

Pássaro de folhas / Celso Bicudo. – São Paulo : EV Publicações, 2025.

156 p.; 17 cm x 24 cm

ISBN: 978-65-87369-43-3

1. Romance brasileiro. I. Título

CDD B869.3

Caso queira adquirir lotes de exemplares do livro, favor entrar em contato via e-mail: eduvillela@evpublicacoes.com.br ou pelo WhatsApp: (11) 96851-1515.

Para atendimento ao cliente, utilize, por gentileza, os mesmos contatos acima.

AVISO AO LEITOR

Esta é uma obra de ficção. Nomes, personagens, lugares, acontecimentos são usados de maneira completamente fictícia. Qualquer semelhança com pessoas reais, vivas ou falecidas, eventos ou locais é mera coincidência. As opiniões expressas pertencem aos personagens fictícios e não refletem necessariamente a visão do autor ou da editora.

O autor e a editora não se responsabilizam por eventuais danos ou prejuízos decorrentes do uso ou da interpretação das informações contidas neste livro. O conteúdo desta obra destina-se exclusivamente ao público adulto, sendo sua leitura recomendada apenas para maiores de 18 anos, devido à natureza de algumas cenas e temas abordados.

PÁSSARO DE FOLHAS

CELSO BICUDO

EV PUBLICAÇÕES

AGRADECIMENTOS

Agradeço aos meus erros e às minhas derrotas. Só assim pude compreender que um acerto e uma vitória tem mesmo valor. Só assim pude imaginar, criar e reinventar tantas vezes. Por isso estou vivo e com a capacidade de rir de mim mesmo.

Agradeço aos meus filhos, que são a mola propulsora da minha vida e a inspiração de todos os dias.

SUMÁRIO

PRÓLOGO

Tudo começou com um sonho.

Sonho de uma mãe pouco antes de parir aquela que seria o motivo de todo seu amor e o sentido maior de sua jornada nesse mundo. Foi intrigante e revelador ao mesmo tempo.

Nele foi possível ter a sensação de que a forma mais apropriada de se conhecer o amor puro era com o filho nos braços. O coração, paradoxalmente, se dividia e se multiplicava. E por toda a vida, a mãe teria um pedaço dele fora do peito.

O destino se mostraria implacável apesar de oferecer algumas escolhas cruciais. Encantos, glórias e mistérios pavimentariam o caminho. O amor incondicional não permitiria troca, troco ou retorno. Não haveria tempo, local ou circunstâncias que conseguissem interferir na qualidade daquele amor.

Amava-se e pronto.

Capítulo 01

TERRA VERMELHA

Lugar frio e quente. Interior. No verão, o calor era intenso e as chuvas eram celebradas. Bermudas, pés descalços e vermelhos da terra fértil abençoada. No inverno até os ossos doíam. Lareira, fogão à lenha, gorro…

Região plana empoeirada que apresentava um pôr do sol de filmes de guerra. Algumas montanhas distantes para não ficar tão sem graça aquela planície que era toda sem graça.

Produção rural, terra fértil e um clima propício para plantar. Viver da terra aqui na Terra. Cidades pequenas e um povo trabalhador. Imigrantes, seus filhos e netos, negros e pardos e um índio ou quase índio. Todos se misturavam em uma rotina simples de cuidar do campo e uns dos outros, no bom e no mau sentido do termo cuidar.

Sotaques arrastados e palavras trocadas em português, alemão e italiano. A mistura de idiomas sem nenhum charme. Prosas verticais e olhares firmes de um povo que só ria se tivesse graça.

Com pouca diversão e distração, a cerveja era fundamental e a vida dos outros era a novela preferida. Já era assim. Sempre será.

O rádio ligado na cozinha e a noite na sala. Uma doçura e alguma pureza permeavam os dias daqueles que viviam por ali.

Homens e mulheres que toleravam em demasia e desfrutavam do pouco que sobrava da luta pela sobrevivência. Não sobrava muito, mas os corações eram plenos de liberdade e cheios de expectativas.

Não havia gosto, bom gosto e mau gosto, nem tempo para pensar no improvável.

Ir até a venda, na caminhada passando pela praça com um singelo coreto, era uma distração e tanto. Às vezes, a praça e o coreto estavam divertidos com alguma novidade. Ruas de terra ou com algum calçamento rústico. As casas tinham cores em tons pastéis e um colorido simples quase cafona. A maioria de madeira e algumas, de famílias mais abastadas, de alvenaria. Mas ali havia o toque de cada um, a condição de cada bolso e a boa vontade nos enfeites. Vasos com flores sempre. Notava-se a boa vontade.

Cheiro de café com bolo ou de fruta podre nos pés das árvores. O miado do gato. O cachorro magro e fiel que vivia de restos e fazia malabarismos para convencer seu dono da sua lealdade. Garantir o osso de cada dia. Pão era coisa de gente.

À tarde, as janelas abertas declaravam o aconchego provinciano daquele lugar, naquele tempo. As pessoas ouviam o ir-e-vir do lado de fora. As que passavam percebiam a confiança e a curiosidade daquelas que estavam dentro das casas. Uma comunicação intuitiva e velada, mas de certa forma sabiam uns dos outros e compartilhavam pensamentos íntimos.

A noite era sempre fresca, mesmo no verão. Assim aproveitava-se para ficar nas calçadas ou nos quintais. Alguns que estavam na lida e outros que contavam amenidades do dia ou mentiras engraçadas, piadas rápidas. Malícia era apenas o nome da mula do Seu Onofre, um velho rabugento que ficava engraçado quando bebia umas e outras.

As mães cuidavam de tudo. Elas eram responsáveis, na verdade, por cultivar o amor. As avós amparavam as mães. Uma organização social simples e pouco comprometida com o abstrato e com o relativo. Amassa a massa, bota para assar e assim a massa assa.

O pragmatismo conduzia a vida e o dia. Os problemas tinham enunciados claros.

Logo cedo, o sol brindava a água que fervia e passava pelo café fraco e doce. Café dali mesmo, colhido no pé e torrado no fogão à lenha. O canto do galo e algum trote de burro na rua. O vizinho abria a janela e a vida era tão besta. Sobrava o domingo e uma parte do sábado, mas o pau comia de segunda a sexta.

Era 1967, um ano qualquer se não fosse pelo brinde que o mundo recebeu pelo nascimento de Mariana. Naquela planície sem graça de terras vermelhas, mais precisamente na cidade de Caranaú, na maternidade da Santa Casa de Misericórdia, a menina veio ao mundo. Parto complicado. Ela era grande e teimosa desde o ventre.

O médico que acompanhava a gestação de Dóris brincava que era uma menina cheia de vida ainda dentro daquela barriga branca e delineada. A previsão do Dr. Rigato estava certa. Mariana veio ao mundo às 5:30 da manhã da quarta-feira, 4 de outubro. A lua cheia ainda estava se pondo e o sol quase botando a cara no horizonte. Ali estava ela, de pele clara rosada, cabelos fartos e loiros, olhos bem azuis e pouco choro.

Dóris era filha de uma alemã com um brasileiro. O pai de Mariana era neto de libaneses. Marcelo era conhecido na região por Nassir, sobrenome de seu avô paterno, um comerciante que chegou ao povoado quando tudo ainda era pasto.

Na noite anterior ao parto, Dóris teve um sonho com Mariana. A criança estava em uma praia de areias brancas e mar agitado. A futura mãe não conhecia o mar. No sonho, via sua menina correndo em meio aos coqueiros com um menino preto de cabelo queimado e pele brilhante. Ele parecia mais cuidar de sua filha do que propriamente brincar junto. O menino veio até Dóris e disse que Mariana era rápida como o vento e que ele estaria ao lado dela por toda a vida. Mariana olhava para o menino com afeto. Ele sorria para ela, e ao mesmo tempo, vigiava aos arredores como quem cuida de algo precioso.

A grávida acordou do cochilo muito impressionada. Imaginou quem seria aquele lindo menino preto de cabelos queimados de sol e olhos amendoados amarelos, que zelava por sua filha.

Ela nem mesmo sabia se era uma menina que levava no ventre. Por isso o sonho era revelador e intrigante ao mesmo tempo. E num momento tão próximo ao parto. Algumas horas depois, lá estava Mariana, quente e vibrante, mamando o colostro da mãe extasiada e exausta.

Nassir era normalmente um homem forte e de poucas palavras. Contudo, na circunstância do nascimento da filha, mudou a atitude, chorou muito e abraçou amigos e familiares com entusiasmo. A Santa Casa que era pequena, limpa e muito silenciosa virou o salão de festa da família e dos amigos.

Por nove meses, ele olhou pra Dóris com o encantamento e respeito que se oferecia a uma divindade. O fato de sua mulher estar grávida era, para ele, algo absolutamente sagrado. Ele era um homem de fé, estudava os livros sagrados da religião de seus avós e tinha um enorme respeito por Deus.

Dóris era o oposto de Nassir. Alegre e comunicativa, enquanto ele era fechado e introspectivo. Porém, o olhar dele inspirava força e confiança à mulher.

Ao amamentar Mariana, Dóris ria e a chamava de “minha bunduda” pois a filha era robusta e com pernas fortes. Nassir não gostava daquilo e fazia cara feia, desaprovando as piadas da mulher.

Deixaram a Santa Casa e reestabeleceram a rotina. Dóris era independente e ativa. Era uma mulher linda com cabelos castanhos compridos, corpo magro e olhar altivo. Acordava quase sempre alegre e bem-disposta.

Logo, Mariana começou a andar e ameaçava palavras de forma graciosa e às vezes engraçada. Vizinhos e parentes passavam por ali e batiam palmas no portão para saber da menina e seus encantos. Era agradável receber visitas que apareciam para ver Mariana e prosear um pouco.

Certo dia, uma senhora jamais vista por ali bateu palmas no portão e Dóris atendeu. Era uma mulher morena com pele bem queimada do sol, de cabelos bem pretos, compridos e lisos. Com olhar profundo e direto, tinha olhos amendoados castanhos escuros. Usava um vestido de estampas fortes com um xale no pescoço. Muito elegante e fina.

— Bom dia — a dona da casa abriu o portão — Posso ajudar?

— Bom dia, Dóris. Eu me chamo Zahra e vim de longe para conhecer sua menina.

Aquilo causou espanto na mãe de Mariana, que se encontrava, naquele momento, sozinha com a filha em casa. Mesmo em uma cidade pequena não era comum abrir a porta para estranhos.

Receosa e sem graça, Dóris preferiu ganhar tempo:

— Mas afinal, quem é você? E como conhece minha casa e minha filha?!

— Não tenha receio — Com olhar doce e gestos delicados, estendeu a mão numa atitude amigável. Segurou as mãos de Dóris — Acompanho sua filha desde tempos imemoriais e vim de muito longe para vê-la quando soube do nascimento. Você e seu marido tem a boa fortuna de ter Mariana como filha.

Aquilo não fazia o menor sentido. Afinal, do que se tratava "tempos imemoriais"? Quem teria avisado uma desconhecida sobre o nascimento da filha?

— O que você quer dizer com "acompanha"? Desde quando sabe da existência de minha filha? Desculpe, mas isso me parece tão estranho.

Zahra tinha um olhar enigmático e uma postura de quem parecia conhecer o lugar e a situação que estavam vivendo. Ela sorriu:

— As almas são como folhas, caem num rio e seguem por seu curso... Em alguns trechos elas se juntam. Em outros se separam. E logo adiante se encontram novamente. É assim a minha história com sua filha.

Paradoxalmente, Dóris sentiu medo e uma paz muito grande nas palavras da estranha mulher. Seu coração sempre foi seu guia. Apesar de tudo, a sensação era boa e de absoluta confiança.

Quando a jovem mãe retribuiu o sorriso, o vento soprou forte repentinamente, fez um redemoinho e levantou a poeira da rua e muitas folhas que estavam no chão. As duas tiveram que segurar os cabelos e tampar os olhos. Zahra usou o xale para proteger a boca e o nariz e deixou apenas os olhos de fora. Aqueles olhos amendoados e expressivos eram tão lindos quanto assustadores.

— Entre, acabei de passar um café. Venha conhecer minha casa.

— Obrigada, Dóris. Seu coração ouviu o meu e isso é tudo.

Ao entrarem, a porta bateu forte com o vento e Mariana acordou com o barulho. Ficou em pé no berço enorme de madeira maciça que herdou dos primos mais velhos. As duas juntas ouviram Mariana choramingar e se apressaram em direção ao quarto.

Ela estava belíssima, com as bochechas rosadas. A luz do entardecer que entrava pela janela refletia em seu cabelo que ganhava um tom de dourado muito forte. Mariana sorriu e esticou os braços pedindo colo para a mãe.

Perplexa com a beleza da menina e da composição da cena, Zahra não se conteve:

— Cada vez que a vejo, ela está ainda mais bela! Deus seja louvado!

As três foram à cozinha e o estranhamento diminuía apesar das circunstâncias. Como uma desconhecida podia afirmar que conhecia a menina? Mesmo sem respostas, Dóris sentia-se bem. Havia uma cumplicidade e uma intimidade entre as três que não se explicava.

A dona da casa fez chá de capim santo enquanto Mariana ficava no colo de Zahra. O cheiro do chá que fervia, o barulho do vento nas árvores no lado de fora e a luz refletindo pelas frestas eram uma composição adorável.

Mesmo com reservas, elas desfrutaram daquele momento. Pareciam íntimas e confortáveis. As mulheres conversaram e deram risadas. Ao final da visita, se despediram com carinho.

Quando Nassir chegou em casa à noite, a esposa correu para contar o episódio e não teve nenhuma atenção. Mariana ganhava toda a atenção do pai que não via nem ouvia nada quando estava com ela no colo. Então ficou por isso mesmo, Dóris se calou e guardou aquilo como se fosse uma história de um livro de contos ou um sonho.

Aquele episódio intrigante e, principalmente, a conversa com a mulher misteriosa e cativante mudaram a percepção de Dóris sobre a filha. Mariana realmente ocupava espaços. Causava movimentos internos e externos de uma forma singular.

Mas a vida em Caranaú seguia com sua rotina provinciana. Era engraçada e sem graça simultaneamente. Vizinhos traziam compota ou bolo. Parentes apareciam para o café com biscoitos de nata. Até Seu Onofre, dono da mula famosa, a Malícia, passava para levar goiabada cascão e ver a menina dos olhos de luz. A mula, para honrar seu nome, invariavelmente se soltava e fugia. Seu Onofre ficava vermelho de raiva e resmungava:

— Lá vai para casa aquela fiadaputa!

A mula era conhecida na cidade, sempre passava sozinha no caminho de casa para desespero do velho.

Logo Mariana estava de pés descalços correndo por todos os lados e fazendo amigos pela vizinhança.

O sol que nasce todos os dias. O tempo movia a rotina e a rotina disfarçava as horas.

A cada dois meses, religiosamente, Dóris recebia uma carta. Os envelopes eram lindos, decorados com listras em cores fortes e com seu nome escrito em caneta tinteiro. Dentro, um papel de carta fino, perfumado com sândalo, sempre com as mesmas palavras: “Cuide bem de nossa menina.” Junto vinha sempre uma folha! Uma folha de árvore ou de algum arbusto. Sempre folhas médias e com cores vibrantes. Assinado, Zahra.

Não havia selos ou endereço de remetente o que causava curiosidade em Dóris. O carteiro Zé Manco dizia não saber de nada, que não tinha entregado as correspondências. Ele era meio pancada da cabeça. Diziam que tomou um coice de égua quando era menino e foi bem no meio da testa. Por isso, ninguém acreditava muito nele.

Dóris recebia as cartas como um afago, um abraço de alguém que de longe compartilhava um sabor, um cheiro, um gosto. Afeto. A mãe de Mariana era mulher de coração limpo e elegante. Naquele tempo e circunstância, ela não era uma pessoa comum. Na verdade, em qualquer tempo e local, poderia ser descrita como alguém comum.

Vivia a vida com leveza e alegria. Sua conexão com o mundo era suave. Mariana crescia independente e ao mesmo tempo com referências fortes dos pais zelosos.

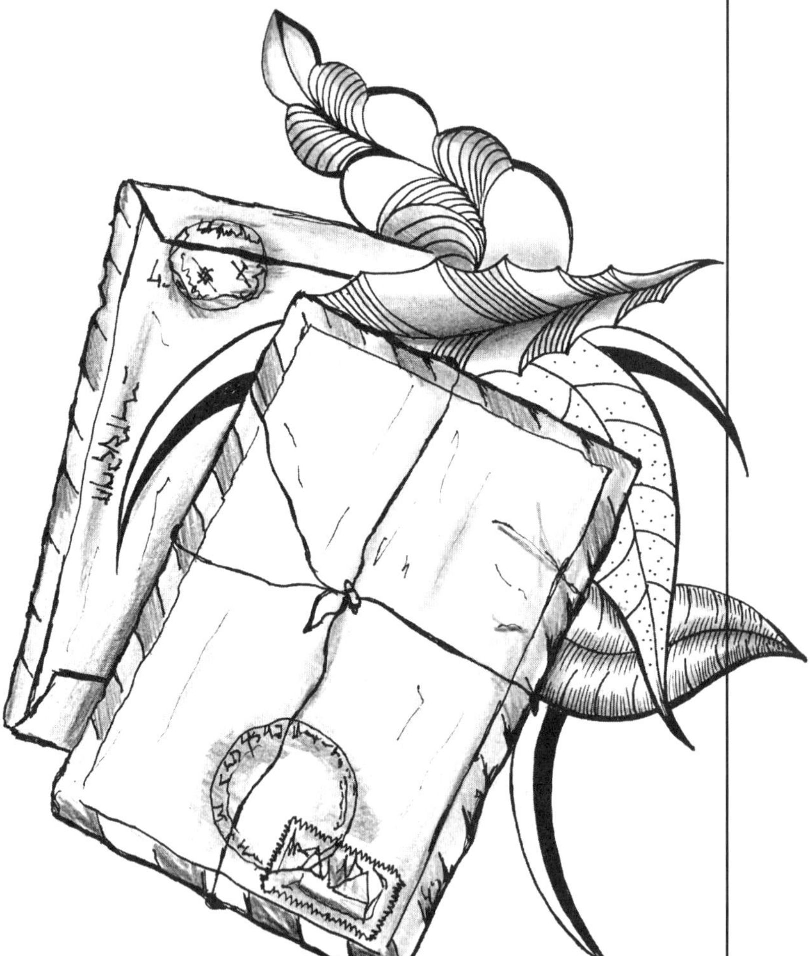

Capítulo 02

CASTELOS DE AREIA

A escola parecia o inferno para Mariana. Ela não era uma criança igual às outras e ir à aula era um sacrifício enorme. Os amiguinhos estranhavam o jeito dela e a convivência não era agradável.

Nassir não abria mão de levar pessoalmente a filha logo cedo para a escola. Era um pai exigente e acreditava que o ser humano só poderia ter liberdade se tivesse boa educação e cultura. Filho de imigrantes e neto de um homem muito culto, Marcelo Nassir comungava da ideia de que os estudos eram parte fundamental da criação.

Fugia da sua percepção que a filha era muito diferente. Não era preciso falar porque a menina já tinha entendido apenas com os olhares das professoras. Não era necessário estudar porque apenas ouvindo Mariana assimilava por inteiro o conteúdo do que era passado em sala de aula.

Com o tempo, as coisas foram ficando mais claras. Depois de algumas advertências dos professores mais atentos e da insistência de Dóris para acabar com o sofrimento diário da menina, Nassir acabou enxergando a realidade. Sua filha não estava feliz no ambiente escolar convencional e precisava de um outro tipo de fórmula para seu desenvolvimento.

A percepção de Mariana a respeito do mundo era completamente fora de seu tempo e nada de acordo com sua idade.

Ao chegar em casa depois do trabalho em uma noite fria e com garoa, Nassir chamou Dóris na varanda para uma conversa. A rua de calçamento rústico brilhava com as luzes amareladas das varandas e postes. Dóris se enrolou numa manta de lã e apareceu linda e com um sorriso de canto. Já imaginava que o assunto era sério.

— Diga. O que te aflige Marcelo? Quer um café para soltar a língua?

Nassir sorriu e abraçou a mulher como quem se despede para viajar:

— É sobre a sua bunduda.

Ambos caíram na gargalhada pois Dóris sabia que ele detestava que chamassem a filha assim. Ainda mais agora que a "princesinha" começava a despertar a atenção de alguns "galinhos de briga"!

— Não está claro para mim o que você pensa sobre o futuro da nossa filha — a voz de Nassir soava estranha — Por favor, me ajude a tirar essa angústia do peito. Sei que ela não é feliz na escola. Mas não temos muitas opções por aqui. Uma criança não pode crescer sem educação.

— Vou te contar uma história que aconteceu no passado e, naquele momento, não pareceu ter importância.

Nassir olhou com estranheza e fez cara de bravo:

— Ora Dóris, não estou com paciência para contos da carochinha. Por favor, não me venha com alucinações do passado, sonhos ou misticismos.

— Calma, você não precisa acreditar em nada que eu disser. Mas nossa filha não é e nunca foi uma criança comum. Acho que você já percebeu isso — ela segurou nas mãos do marido — Desde muito nova, Mariana sabe o que quer e percebe as coisas muito antes delas acontecerem. Logo que ela nasceu, recebi a visita de uma senhora muito gentil, educada e que disse que conhecia Mariana de outros tempos.

— Uma cigana?! Você recebeu a visita de uma cigana? Você está maluca?

— Não! Ela não era uma cigana! Mas seu nome é Zahra.

Os dois não se aguentaram e riram sem parar. Ainda dando risadas, Dóris se sentou no colo do marido e ficaram abraçados. Eles eram apaixonados e tinham uma sintonia muito grande.

Nassir se recompôs e pediu café. Dóris se levantou e foi pegar uma xícara. Ao fechar a porta, não imaginou que o marido estivesse ouvindo e exclamou uma frase erótica.

— Eu ouvi! — gritou ele da varanda.

Dóris ficou roxa de vergonha. Às gargalhadas, correu para o quarto e não levou o café. Nassir, depois de alguns minutos, foi até a cozinha. Viu que a esposa não estava. Tomou a bebida.

Ao chegar no quarto depois de um banho quente merecido, encontrou a esposa numa camisola linda, branca. Ela estava com os cabelos soltos e as maçãs do rosto vermelhas. Com os bicos dos peitos duros e os lábios molhados.

O coração dele bateu forte e num gesto certeiro, tomou sua mulher nos braços e beijou aquela boca que tanto amava. A noite fria com garoa e a filha adormecida no quarto ao lado foram um convite para o amor. Sem pudor e sem culpas.

No dia seguinte, ainda com o amor à flor da pele, Dóris levantou-se bem cedo, preparou o café da manhã e ela mesma levou Mariana para a escola.

Naquele momento, ela viu o que Nassir passava todos os dias ao levar a menina para a aula. A filha tinha um humor horrível de manhã e se lamentava por ter que ir mais um dia ao colégio.

Sorte que dois quarteirões à frente apareceu o Xu Barriga, dono da Farmácia, que também levava a própria filha na escola. O homem andava num Ford velho e ofereceu levar Mariana de carona. Dóris aceitou e voltou pra casa enrolada numa manta, tamanho frio da manhã naquela planície de terras vermelhas.

Quando chegou, percebeu que o marido já havia saído. Foi até a cozinha tomar mais um café. Ao lado da xícara havia uma flor e um bilhete escrito num pedaço de papel de pão:

"Vamos levar nossa filha embora daqui. Eu entendi tudo. Amo você".

O coração de Dóris disparou. Ela se sentou imediatamente, não conseguiu conter a emoção e o choro. Desistiu do café, foi até o quintal e colheu um pouco de erva doce para fazer um chá. Acendeu o fogão à lenha e em meio à fumaça que voltava pela boca do fogão, tentou arrumar as coisas na cozinha, na cabeça e no coração.

A garra de pinheiro estralava no fogão e o cheiro se misturava com o ar da manhã e a erva doce fervendo na chaleira. Uma composição caipira, romântica e doce que sustentava os movimentos atrapalhados da mãe que era pura emoção.

Nassir era um homem de poucas palavras e emoções contidas. Era masculino, determinado e certamente não escreveria uma bravata! Aquilo era sério e ele levaria à cabo a ideia de tirar a menina de Caranaú.

Foi o dia mais longo da vida de Dóris. Até poder esclarecer a ideia com seu marido no final da tarde, ela envelheceu cinco anos em um dia de tanto pensar.

Aquele lugar era tudo o que ela conhecia e só havia viajado por perto. Todos os parentes ali, seus costumes, suas coisas, seus bichos e plantas. Deus do céu, o que seria ir embora dali? Pra onde? Como?

A chuva se foi, abriu o tempo. O entardecer com uma paleta de cores fortes no céu confortava aquela mãe aflita com uma possível mudança radical de vida. Mariana havia passado à tarde na casa de uma amiga e só voltaria com o pai ao anoitecer.

Dóris era uma mulher de fibras e representava o feminino com excelência. Era elegante nos gestos, de olhares certeiros, mãos lindas e pernas bem-feitas. Tinha bunda suficiente e pouco busto. Sorria com graça e ficava vermelha com facilidade. Seu coração era o representante máximo da mulher propriamente dita.

Naquela circunstância, ela era um vulcão em erupção por dentro e uma árvore centenária em seu próprio jardim.

Não sairia dali por menos de uma vida plena e segura. No entanto, não voltaria atrás naquela ideia emocionante por nada! A dualidade máxima! A emoção à flor da pele e agora Nassir que ela amava, que se virasse para concretizar a informação do papel de pão na manhã seguinte à inesquecível noite de amor.

Por fim, naquele longo e conflitante dia, chegaram Nassir e Mariana. Com bochechas vermelhas do frio e feições enigmáticas, os dois entraram e se socorreram na cozinha em volta do fogão à lenha para esquentar a carcaça e a alma.

A casa estava impecável! Tudo muito limpo, arrumado e flores novas nos vasos. Dóris, olhando de lado para os dois e com um sorriso nervoso, perguntou:

— O que se esconde atrás dessas caras de vira-latas?

Nassir ficou sério, enquanto a filha sorriu com encanto e desespero:

— Meu pai já me contou. Vamos embora! Estou cagando de medo, mas estou feliz.

— Mariana!!! — Ele detestava palavrões.

— Pai, eu estou falando a pura verdade.

A menina saiu correndo para o quarto rindo enquanto a mãe olhava controlando o riso.

Comedida, Dóris olhou para Nassir e lhe serviu uma xícara de café com leite bem quente e um pedaço de bolo de fubá com calda de açúcar e coco. Junto colocou uma colher de requeijão que havia feito naquele dia com o leite fresco das vacas da tia Lubita, que tinha um sítio perto e sempre que vinha ver a sobrinha-neta trazia leite gordo.

Tia Lubita era irmã do falecido João Madeira, pai de Dóris. Era uma senhora gorda, ruiva e com uma risada fácil. Sempre com um vestido feito em casa de tecido comprado na capital, ela peidava alto e dava gargalhadas dizendo que leite bom faz peidar alto. Dóris se divertia com a tia e ficavam conversando e falando da vida dos outros.

Nassir sentou-se e abraçou a xícara com as duas mãos enquanto olhava pela janela a carroça do Juca Mardito. O pai de Mariana ouvia o falatório dos vizinhos comprando bugigangas do mascate.

— Você tem certeza de que vamos fazer a coisa certa? Já pensou em tudo? E o Jiló? E a Canela? Onde deixamos nosso gato e a cadela que ganhei do Tio Franco?

— Eu pensando em mudar de vida, mudar de país, enfrentar a luta pela sobrevivência e você perguntando do gato e da cadela vira-latas...

— Eu nem sabia que íamos mudar de país, Marcelo!

— E qual a diferença?

— Diferença de quê?

Ele tomou um gole do café e comeu um pedaço do bolo.

— Quem fez esse bolo? Não parece o seu.

— Foi a tia Lubita que trouxe junto com o leite gordo. Ela conseguiu coco ralado na venda do Japonês. Por isso está diferente.

— Vamos embora, meu amor. Vamos para a terra de meus avós. Há muito tempo que penso nisso, mas essa história de nossa filha ser diferente dos outros me fez decidir. Lá tem escolas para crianças assim, tem uma cultura mais diversa. O que será de Mariana nesse lugar onde não consegue ser feliz?!

Dóris olhava apreensiva.

— Não tenha medo, eu cuidarei de tudo. Não precisaremos vender nada aqui. Eu tenho dinheiro suficiente e já tenho negócios para fazer por lá.

— Vamos deixar a casa vazia? Cheia? Vender tudo? Me explica.

— Meu primo Elias vem morar aqui com a mulher. Cuidará dos bichos, da horta, do quintal e manterá tudo em ordem.

Dóris juntou as mãos ao pano que segurava, levou até perto da boca e saiu para o quintal com cara de choro. Não conseguiu se conter nem disfarçar o medo no coração de mãe e mulher.

Naquele instante ouviu-se um grito lá de fora:

— Vai querer alguma coisa hoje, dona Dóris? Ô de casa!

Meio irritado, Nassir saiu no quintal:

— Hoje não, Juca.

— Tarde, seu Nassir. Não quer ver um chapéu ou uma botina? Aproveita que vai viajar e vai de roupa nova, homem!

— Que confiança é essa? Quem falou que vou viajar?!

— O senhor me desculpa. É que a dona Creide, mulher do Sabino, falou que o seu primo Elias contou para eles da sua partida.

Dona Zizi, que era vizinha e estava ali comprando tecido, se meteu:

— Nassir do céu! Me conta essa prosa! Você vai embora daqui? Que dó!

Os vizinhos começaram a falar entre si e Juca Mardito, honrando o apelido, contou o "causo" e a fofoca se espalhou. Indignado, Nassir entrou em casa:

— Tá vendo, Dóris! Você fica de trela com esse tal Mardito e agora nossa vida tá na boca do povo!

Ela não tinha nem saído do lar e já levava a culpa pela informação ter vazado.

— Vou lá fora ver o que está acontecendo.

Mariana olhava tudo da janela e pensava o quanto o ser humano é gregário e o quanto a vida dos outros compõe a nossa formação. Desde menina, suas reflexões eram profundas e as escrevia em um caderno. Nesse dia, anotou sua reflexão com a seguinte frase:

"Você poderá ir longe que não sairá do mesmo lugar se não levar seu coração e suas preces".

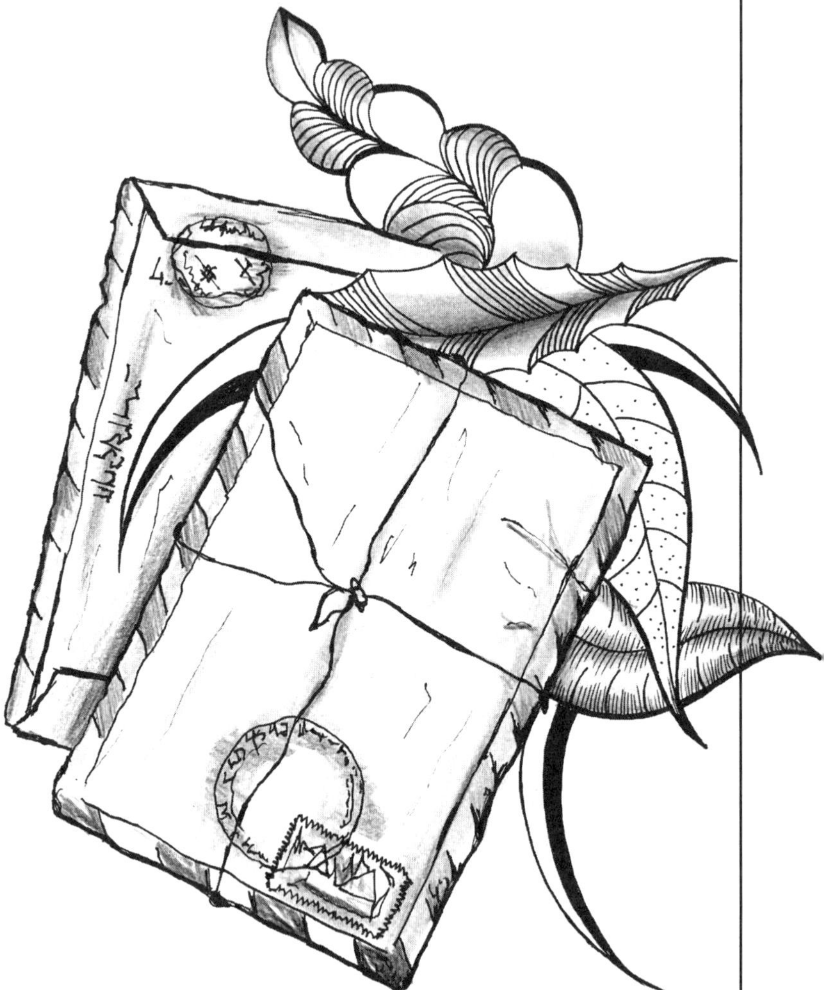

Capítulo 03

MUNDO VELHO

Desde pequenos, Nassir e Dóris ouviram dos pais e avós as glórias das terras distantes de suas famílias. No caso, Líbano e Alemanha. Mas ficaram um tanto ocultos os problemas políticos e sociais dessas nações. A fome, a guerra, os ideais e seus conflitos eram evidentes. Tanto no Oriente Médio quanto na Europa.

Alemanha era fora de cogitação para Nassir. Porém, o Líbano, mesmo em guerra civil, não saía de sua cabeça. O país de seus antepassados parecia oferecer condições de uma vida próspera para a mulher e a filha. Marcelo Nassir era pragmático e optou por sua origem e começou a preparar tudo para ir embora.

Articulou como pôde, fez planos e montou uma estratégia para chegar ao solo libanês com segurança. O sobrenome herdado do avô poderia facilitar as coisas e abrir caminhos.

Dóris, por sua vez, deixava o tempo resolver as expectativas e organizava tudo em sua casa numa rotina com tempo determinado. Mariana, cheia de luz em seus pensamentos de uma pré-adolescente, não via riscos ou situações promissoras na mesma intensidade que os pais.

Três meses foram necessários até que embarcassem num navio mercante e deixassem para trás a vida simples de Caranaú. Levaram poucas malas e muitas expectativas. Alguma alegria e um tanto de medo povoavam os três corações da família provinciana que dava um passo enorme em direção ao desconhecido. Partiram.

Já no porto ao verem o movimento de pessoas e embarcações, Mariana e Dóris ficaram deslumbradas. O mar! Era uma visão sem limites para pessoas que foram criadas no interior, em terras vermelhas e conheciam cada um dos habitantes da cidade natal.

Sentada ao lado da mãe num banco sem luxo, enquanto o pai tratava do embarque, Mariana abriu o caderno e de cima dos seus longos onze anos de vida escreveu:

"Existem mundos dentro desse mundo que eu não poderia viver".

A angústia da dúvida no coração de Dóris era como uma faca afiada passando perto do pescoço.

Sentada ao lado delas, estava uma velha com cara de ruim. Um vestido de pano grosso preto, cabelo preso e sapatos de amarrar, olhava para as duas e mascava a própria boca. Feia. Mas havia algo naquela velha que fazia Dóris lembrar de outros tempos.

Com muito custo, a velha corcunda se levantou e veio em direção às duas. Com a mão na boca sussurrou:

— Vocês vão embarcar para onde?

Dóris não deixou a filha responder. Tomou a frente e mediu a velha da cabeça aos pés:

— Ainda não resolvemos.

A velha deu risada como quem desacredita. E com ar de deboche, soltou:

— Boa sorte então, caipiras!

Dóris ficou muda. A velha caminhou para longe e sumiu de vista. Aquilo era um aperitivo do "mundo lá fora" que havia sido servido no porto.

Nassir chegou irritado com as burocracias e os trâmites para embarcar. Sentou-se ao lado da mulher e pediu para a filha ir até um vendedor ambulante comprar água.

Mariana pegou o dinheiro trocado e saiu na direção de um senhor que vendia salgados, doces, água e cartões postais. O homem se surpreendeu ao ver uma menina tão bela com jeito interiorano:

— Onde estão seus pais, garota?

Mariana apontou com o dedo:

— Ali, sentados no banco.

O homem de bermuda, uma camiseta jogada no pescoço e óculos fundo de garrafa sorriu:

— E o que você quer?

Mariana percebeu que aquele estranho era gente boa e a olhava com bons olhos. Sorrindo, fez o pedido, pegou a água e levou para o pai. Sentiu que o mundo era pequeno.

Por fim, embarcaram naquele aglomerado de latas, corredores estreitos, cabines claustrofóbicas, cheiros estranhos e balanços cruéis.

Quando o navio se afastou do continente, os três caipiras não viram mais sinal de terra. Seus corações apertaram e a união entre a família se fez presente instantaneamente.

A cabine apertada com cheiro de peixe prometia uma longa viagem até o outro lado do oceano. Dóris já sentia falta de casa e da rotina, que por mais sem graça que fosse era um mundo cheio de cores, cheiros bons, sons conhecidos e aconchego.

Nassir comprou passagens baratas em um navio de segunda linha.

Nos primeiros quatro dias choveu torrencialmente, o que deixou os três em estado de alerta e apreensão. O mar agitado causava muitos balanços à embarcação, por mais gigantesca que ela fosse. Dóris passava muito mal e vomitava o que comia e Mariana grudou no caderno de reflexões que se tornou seu diário. Nassir mantinha a postura altiva e não deixava transparecer a ansiedade e o medo.

Enfim, após uma noite de calmaria com céu estrelado, o sol apareceu. O mar virou um espelho do céu gigantesco.

Mariana saiu da cabine logo cedo e, sem permissão dos pais, foi dar uma volta pelo convés que era aberto aos passageiros. A vontade de debruçar e olhar o mar era menor do que o medo da beirada. Andou por tudo, viu pessoas, marinheiros trabalhando, diferentes cheiros, uma brisa suave e falatórios curiosos em línguas diferentes. O sol quente torrava a pele.

Ela viu ratos!

Preocupada, Dóris deixou Nassir na cabine e foi buscar a menina, e ao encontrá-la sorriu ao ver a desenvoltura da pequena em meio aquela situação.

Ao ver a mãe, exclamou:

— Tem ratos!

Dóris fez um gesto para que a filha falasse baixo.

— Eu vi um monte de coisas estranhas, mas os mais nojentos foram os ratos.

— Ratos?

— Sim, mãe! Dos grandes.

As duas deram risadas e caminharam juntas pelo convés aproveitando a manhã de sol.

Nas cabines vizinhas, viajavam duas moças muito bonitas, mas de modos bem vulgares. Dóris observava à distância a forma como se vestiam e conversavam. Elas fumavam e bebiam junto aos marinheiros e vestiam roupas justas e extravagantes. Uma se chamava Laura e a outra Virginia. Laura era loira de olhos grandes e nariz arrebitado e Virginia era morena jambo com um corpo lindo e um sorriso escandaloso. No fim, no ambiente limitado do navio e com poucas pessoas, as moças conquistaram a amizade da família.

Nassir olhava, cumprimentava e ia para o canto dele, pois aprendeu cedo com sua vó que "mulher é fogo e homem manteiga". Mariana observava tudo e relatava no diário cada detalhe da viagem. Fazia suas reflexões tais como:

"Os ratos são tão espertos que sobrevivem até em alto mar".

A rotina no navio começou a ficar divertida, afinal era emocionante atravessar o Atlântico para iniciar uma nova vida e observar tantas pessoas e culturas diferentes.

Em Caranaú, o tal do primo cuidava da casa e dos negócios de Nassir. A mudança de condição de vida mexeu com o comportamento de Elias, que até então não tinha onde cair morto. Começou a tratar a mulher e os filhos com indiferença. Toda tarde ia para o Bar do Cantão tomar umas e outras com a turminha da colônia. Nos negócios da família, ele mantinha postura e cuidava de tudo corretamente. Ele tinha medo do primo Nassir.

Marcelo tinha deixado tudo organizado e ordens expressas para que o primo executasse todas as tarefas combinadas. Os negócios não poderiam parar, pois o tempo de viagem era longo e a incerteza de ter um sustento no outro país era grande. Elias trabalhava duro para honrar a missão dada por Marcelo.

No 23º dia de travessia do Atlântico, a sorte mudou. Numa fatídica manhã de sexta-feira, um temporal de dimensões assustadoras iniciou a dramática etapa da aventura dos três caipiras da terra vermelha. O navio foi atingido fortemente por ondas gigantes, ventos fortes e perdeu a capacidade de navegar sob o comando do capitão, ficando à deriva numa região desconhecida.

Nassir, por várias vezes, deixou Dóris e Mariana na cabine e tentava obter informações junto aos tripulantes. Contudo, o pavor era imenso entre todos e não parecia haver uma solução rápida para a situação.

O capitão já havia feito contato pedindo socorro, mas não estavam mais na rota programada, o que traria grandes dificuldades para um possível resgate.

Foram dois dias de temporal, ventos fortíssimos, ondas de vinte metros açoitando o navio. Depois de avaliar a gravidade da situação, o capitão informou à tripulação que teriam que baixar os botes e abandonar a embarcação, que já estava com meio corpo dentro d'água e certamente afundaria em poucas horas.

Rapidamente os passageiros souberam do ocorrido e começaram a sair das cabines em pânico. Queriam saber como seria a operação de abandonar o navio e quais eram as chances de sobrevivência naquelas condições em alto mar, ainda mais com aquele tempo. A perspectiva de sobrevivência nos botes salva-vidas não era das melhores.

O último contato, via rádio, com terra firme ou outras embarcações havia sido feito há dois dias. A velocidade dos ventos e as correntes marítimas tiraram o navio de sua rota por quilômetros.

Dóris se mantinha calada e abraçava a filha. Quando podiam se ajoelhavam e oravam. O pavor era nítido nos olhos da mãe.

Mariana tinha um comportamento diferente. Olhava ao redor como se tentasse encontrar algum tipo de apoio ou ajuda invisível.

Após receber a notícia que teriam que abandonar o navio em botes, Nassir voltou para a cabine:

— Dóris, pegue as coisas mais importantes, os documentos e vamos embora — O tom de voz era grave e não deixava margens para questionamentos ou lamentações — Temos que sair imediatamente. O navio está afundando.

— Não levo uma mala?

— Não! Apenas uma pequena bolsa com agasalhos e documentos.

Nassir pegou uma pasta com dinheiro e alguns pertences e saíram correndo pelo convés. Encontraram uma fila de pessoas que tentavam se manter em pé devido ao impacto das ondas e os ventos fortes.

Naquele momento crítico, Mariana, muito inteligente, percebeu que seria impossível descer os botes e embarcar as pessoas. Soltou a mão da mãe, foi até o meio do convés e, em meio à confusão, ajoelhou-se. Com as mãos juntas e os dedos entrelaçados junto à boca, a menina começou a orar em voz alta.

As ondas batiam com força na embarcação. Quem conseguiu ver a cena percebeu que Mariana orava alto e em uma língua estranha.

Dóris e Nassir ficaram atônitos. Não sabiam o que fazer pois aquilo era algo mais forte do que poderiam controlar.

Repentinamente, os ventos pararam! Em seguida, o oceano se acalmou como num passe de mágica. A chuva afinou e o céu clareou em meio às nuvens pesadas e escuras. As pessoas que estavam na fila para embarcar nos botes olharam a menina ajoelhada sozinha no meio do convés orando alto. A situação que era dramática se transformou completamente.

Os pais ficaram mudos sem possibilidade de reação. Mariana levantou-se, virou para Dóris e Nassir com ternura e ergueu as mãos para o céu em agradecimento. Na mão direita, havia uma folha marrom com manchas amarelas que ela em seguida levou ao peito. A menina correu para abraçar a mãe enquanto o movimento ao redor era retomado. As pessoas queriam abandonar o navio o quanto antes.

Laura e Virginia viram a cena e ficaram boquiabertas. Laura correu até Mariana e se ajoelhou diante da menina num gesto de gratidão com um quê de idolatria. Todos estavam perplexos com a força da oração daquela criança e Virginia expressou sua admiração:

— Mariana do céu, suas preces foram atendidas! O que você fez?!

Nassir entrou no circuito para tirar a atenção de cima da filha e cuidar das questões urgentes:

— Vamos, se organizem! Precisamos sair daqui com vida. Todos nós. Vamos!

Os marinheiros, muito agitados, tentavam coordenar a saída dos botes. Aos poucos, o navio se esvaziava e as pequenas embarcações lotadas se afastavam do navio.

Dóris e Mariana embarcaram num bote junto à outras mulheres e crianças. Marcelo Nassir aguardava sereno por sua vez. Observando a mulher e a filha se afastarem, ele sentia que a situação era gravíssima e que provavelmente todos morreriam à deriva em alto-mar. Porém, juntamente com os pensamentos impostos pela realidade tão dura, ele sentia um amor muito forte pela menina que realmente era um ser humano diferenciado.

O que tinha acontecido há pouco era um milagre da fé. A mudança abrupta do tempo após Mariana iniciar suas orações era algo inexplicável. Ainda por cima ela orava em uma língua jamais ouvida pelos pais.

Os botes se afastaram do navio. Algumas pessoas estavam em pânico e outras mais calmas tentavam coordenar para que os botes ficassem juntos. Assim, amarravam uns aos outros com pedaços de cordas, roupas rasgadas, cintos. Era realmente uma situação que oferecia poucas chances de sobrevivência, a menos que uma embarcação viesse resgatá-los.

Eram aproximadamente vinte botes com oito ou dez pessoas em cada um. Ainda ficaram umas cinquenta pessoas no navio, incluindo Marcelo Nassir.

Ele era um exímio nadador. Desde pequeno, ia com a família à represa da Laginha, próximo à Caranaú. Cresceu nadando com o irmão e os primos.

Ele imaginava que, se o navio afundasse completamente, pegaria algo que flutuasse e daria um jeito de se aproximar dos botes salva-vidas.

Dóris estava muda e com os olhos plácidos desde que Mariana promoveu a cena extraordinária. O que mais a intrigava era ter visto a filha se levantar após a oração e, em uma das mãos, segurar uma folha idêntica às que recebia por carta de Zahra. Aquilo fazia sentido por mais estranho que fosse.

Em meio à confusão, poucas pessoas viram a cena da menina orando de joelhos no meio do convés. Para a maioria, a mudança repentina das condições climáticas era apenas mais uma coisa inexplicável no meio de tantas.

No instante em que os botes se reuniam para ficarem juntos aguardando resgate, muitas pessoas estavam em desespero, outras choravam muito e poucas mantinham o equilíbrio para poder pensar em pequenas soluções para as dificuldades imediatas.

Laura estava no bote de Dóris e Mariana. Pelo fato de ficar de namorinho com um dos cozinheiros, a moça tinha recebido dele antes de embarcar no bote um enorme pote de mel. Além do desespero, as pessoas ainda estavam com frio e fome.

Laura queria compartilhar o mel, mas não sabia como. Ao ver a indefinição da amiga, Dóris rasgou um grande pedaço da própria saia e fez pequenos pedaços de pano. Ela derramava um pouco de mel em cada pedaço e distribuía para que as pessoas lambessem.

Dóris era criativa e arrumava soluções rápidas. Sua cabeça se dividia entre sobreviver com a filha e torcer para que Marcelo conseguisse sair do navio e chegar até elas.

Anoiteceu e a corrente marítima levou os botes reunidos para muito longe. O navio não podia mais ser avistado.

As esperanças de Dóris em rever o marido diminuíam. Finalmente, o último bote apareceu e após se juntar com todos trouxe a notícia que o navio tinha afundado. Algumas pessoas boiavam em pedaços flutuantes e outras nadavam sem rumo.

A tragédia estava completa.

Depois de dois dias à deriva, o desespero era a única coisa em comum entre os sobreviventes.

Na manhã do quinto dia à deriva, o mar estava prateado. O sol nascendo no horizonte deixava o céu vermelho no encontro com o mar. Mais acima, o colorido ganhava tons alaranjados e o azul tinha listras em tons lilás e douradas. Era um quadro reconfortante para aquelas almas em profundo desespero.

Mariana ergueu a cabeça e sussurrou:

— Mãe, olha lá na frente. Tem dois barcos vindo para cá.

Dóris levantou o corpo exausto e torrado de sol, pegou a blusa vermelha de Laura, enrolou na ponta do remo e começou a sinalizar. Em pouco tempo, as embarcações se aproximaram e encostaram nos botes.

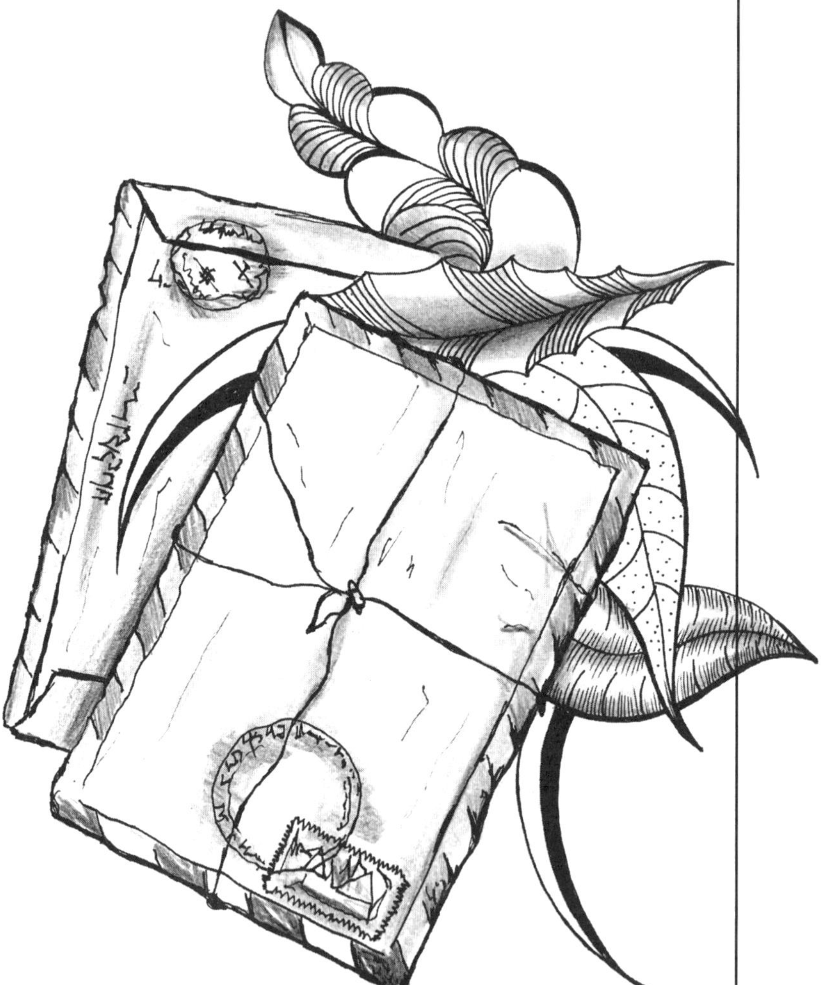

Capítulo 04

RESGATE

Os dois barcos eram escuros, com cascos mal pintados. No convés, homens pretos com semblantes sérios e aparência sofrida. Não havia nenhum tipo de comunicação amigável. Os marinheiros que estavam nos botes tentaram a interação com tripulantes das embarcações que chegaram. Não houve sucesso.

Logo foi possível perceber que não se tratava de um resgate convencional. Os homens começaram a gritar em um idioma incompreensível. Puxaram para cima as pessoas por escadas de cordas. Era nítido que estavam fazendo um tipo de seleção entre os náufragos.

Um dos marinheiros que acompanhava os passageiros à deriva tentou argumentar que o resgate fosse feito de outra forma. Imediatamente, um dos homens das embarcações sacou a arma e atirou na cabeça dele. Outro marinheiro tentou reagir pois estava armado. Também foi alvejado e morreu na frente de todos.

Algumas mulheres jovens e três homens foram levados. O restante do grupo ficou exatamente aonde estava sem socorro nem ajuda.

Mariana foi para uma das embarcações e Dóris, apesar de tentar segurar a filha, não foi capaz de impedir que a menina fosse levada pelos piratas. Laura foi junto com Mariana. Ao vê-las partir, Dóris gritou aos prantos:

— Laura, cuide da minha filha!

Em seguida Dóris desmaiou.

Na manhã seguinte, um outro navio apareceu e os resgatou. Todos foram levados para um porto na costa africana.

As duas prisioneiras foram colocadas no porão da embarcação suja e com homens estranhos. Eles não pareciam tão maus. Mariana chorava e Laura, muito experiente, não emitia um som. Já bisbilhotava o ambiente planejando fugir na primeira oportunidade.

No barco pirata, as duas prisioneiras recebiam um prato de comida uma vez por dia para dividirem. Uma vez a cada dois dias, podiam tomar sol no convés.

Logo estavam também em terra firme. Assim que saíram do barco, as amigas foram separadas. Mariana, com um capuz na cabeça, foi atirada em um caminhão velho com outras pessoas.

Foram dois dias de viagem por estradas esburacadas. A menina só tirava o capuz para beber água e comer. Num desses intervalos, um dos homens do barco pirata que ainda estava presente devolveu à Mariana seu caderno e sua caneta. Ele tinha o olhar distante e parecia não se incomodar com nada.

Na segunda noite, o caminhão parou e uma mulher tirou Mariana da boleia. Retirou seu capuz e a conduziu pelas mãos até uma construção estranha onde uma família muito pobre estava reunida em volta do fogão a lenha.

Aquela senhora ficou ao lado da menina o tempo inteiro. O lugar escuro, cheio de fumaça, com paredes de barro e sem telhado parecia um ninho de João de barro, pensava Mariana. O cheiro era de limão pisado com carvão. O calor era insuportável e a língua que falavam era incompreensível.

Pela manhã, a senhora preta e forte pegou Mariana novamente pelas mãos e levou até uma casa próxima de construção diferente. Lá homens estavam reunidos diante de um senhor que parecia ser o chefe daquelas pessoas ou um tipo de líder religioso. Ele parecia estar muito bravo. Mariana não entendia a língua, mas percebeu que ele estava indignado com a sua presença.

Eles gritavam muito uns com os outros até que a mulher que segurava Mariana pelas mãos recebeu a ordem de tirá-la dali. Ela saiu rapidamente e, com um sorriso no rosto, fez um afago em Mariana.

Passou em sua pequena casa e pegou algo que parecia ser sabão. Em seguida, levou Mariana para a beira de um rio lindíssimo, entre árvores gigantes e muitos animais, algo que só se via em livros e filmes. Mariana não falava nada! Olhava tudo em volta e obedecia a cada gesto da tutora.

A mulher entrou no rio e convidou a menina para segui-la. Mariana obedeceu. As duas ficaram com água até os joelhos. A preta começou a banhar a menina com sabão e algumas plantas. Ela tropeçou e caiu sentada rindo. Mariana ameaçou rir, mas se conteve. Ali começava uma singela relação de confiança com a senhora forte, pele bem preta e um sorriso que parecia a lua cheia.

Banho tomado, faltava a barriga cheia. Preta Lua, como Mariana escreveria depois no diário, serviu um pouco de comida em uma vasilha de barro. Faminta, a menina comeu em desespero. Depois, Preta Lua colocou Mariana numa rede e fez gestos para que ela ficasse dentro da casa repousando. Intuitiva e muito inteligente, ela obedeceu imediatamente. A menina de cabelos dourados, pele rosada e olhos de luz adormeceu.

Duas ou três horas depois, Mariana despertou e ao seu lado havia várias crianças a observando como se ela fosse uma aparição. Olhavam e riam timidamente com expressões de curiosidade e estranheza. As mais novas tocavam seu cabelo maravilhadas com a menina dourada que havia chegado à aldeia. Preta Lua não estava e a visitante se levantou devagar e começou a interagir com as crianças dentro da oca.

A meninada correu para fora de repente ao escutar a protetora de Mariana chegando. Muitas risadas e uma alegria pairavam no ambiente.

A senhora olhou para recém-chegada e, com um sorriso no rosto, a convidou para sair e conhecer o espaço junto às outras crianças.

O chão era todo de terra e areia. O calor estava muito forte e o sol parecia ser o dono daquilo tudo. Várias construções de terra, madeira, algumas sem telhados e poucas com telhados de palha. Árvores gigantes soltas no espaço enorme e uma floresta densa rodeava a aldeia.

Mariana pensou na mãe, no pai e na situação que se encontrava. As crianças corriam e brincavam de uma forma pura. Era uma sequência de acontecimentos que não cabia dentro dela. Voltou para dentro da pequena casa, pegou o caderno que ainda a acompanhava e pensou em escrever para tentar botar as ideias no lugar. Mas a caneta não estava ali.

Por ter sido sequestrada, Mariana havia passado por momentos delicados. De certa forma, estar viva, comendo, dormindo e sob a proteção de alguém, não era tão ruim assim. A incerteza e a saudade dos pais eram a pior parte.

Semanas se passaram naquele lugar que mais parecia o fim do mundo.

Certo dia, estava muito quente e a brincadeira entre as crianças não era animada. Todos sentados embaixo de uma enorme árvore frondosa. Animais domésticos, cães, galinhas e porcos rodeavam o chão que todos pisavam descalços. O sol escaldante e a secura deixavam o ar difícil de respirar. O nariz da menina branca sangrava.

De repente, Mariana saiu da sombra, foi até o meio do terreno enorme, fez um círculo no chão e ajoelhou-se no centro do desenho. Para as crianças parecia uma novidade, uma nova brincadeira da menina dourada que encantava a todos. Mas não era.

Do mesmo jeito que havia feito no navio em plena tempestade, Mariana começou a recitar preces e cantos suaves numa língua desconhecida até para si mesma. Depois de cinco minutos orando, uma brisa começou a bater e foi se intensificando. Virou vento e esse vento, surpreendentemente, começou a girar em espiral ao redor do círculo que a menina tinha desenhado no chão e que estava dentro. O vento foi ganhando força e mais força e formou uma espiral enorme de mais de trinta metros de altura, carregando muita poeira, folhas e galhos.

As crianças correram com medo procurando abrigo e os adultos olhavam aquilo com muita apreensão. Em seguida, o redemoinho cessou e rapidamente começou a chover apenas no lugar onde estava a aldeia. Uma chuva boa, fresca e que não caía ali há muito tempo.

As crianças voltaram correndo para o terreiro e cantavam e dançavam de mãos dadas com a menina loira que sorria.

A notícia do feito da refém correu por bocas e ouvidos até chegar ao chefe do lugar. Ele tinha visto de sua casa e já sabia do que se tratava. A menina tinha o dom de influenciar as forças da natureza. Era maravilhoso e assustador.

A rotina naquele lugar simples não tinha novidades. Mariana liderava crianças e adultos e no chão de areia fazia desenhos e propunha uma comunicação mais elaborada.

Certo dia, aquele que parecia ser o comandante do povoado e que tinha presenciado de longe o episódio do redemoinho e da chuva chegou para Preta Lua e, muito nervoso, deu ordens expressas. Ela deveria pegar a menina e sumir dali. Ou entregar ela de volta aos comerciantes que a usaram como moeda de troca.

A notícia da pequena feiticeira havia saído do controle e corria entre vilarejos e aldeias vizinhas. Aquilo botava em risco os negócios e a segurança daqueles que estavam escondendo a menina. Um dos integrantes do comando, que estava sempre com o chefe, sugeriu que matassem Mariana e sumissem com o corpo sem deixar vestígios.

Preta Lua ouviu atentamente, implorou que não a matassem. Se comprometeu a sumir com a garota, dando sua vida como garantia de que jamais alguém encontraria as duas novamente. Eles concordaram. Preta já amava a menina dourada. Eram ligadas de alguma forma e se olhavam com ternura e confiança.

Imediatamente, a tutora de Mariana preparou a partida. No meio da noite, sem falar nada para ninguém, pegou Mariana pelas mãos e sumiram mata adentro.

Nos primeiros dias, Preta andava com um ramo de galhos e folhas amarrado na cintura. Quando arrastava no chão apagava suas pegadas e da menina. Ela também jogava um líquido fedorento por onde passavam para que não fossem rastreadas pelos mateiros e comerciantes de diamante.

A mulher era muito esperta e assim sumiram sem deixar rastro no meio daquela natureza selvagem.

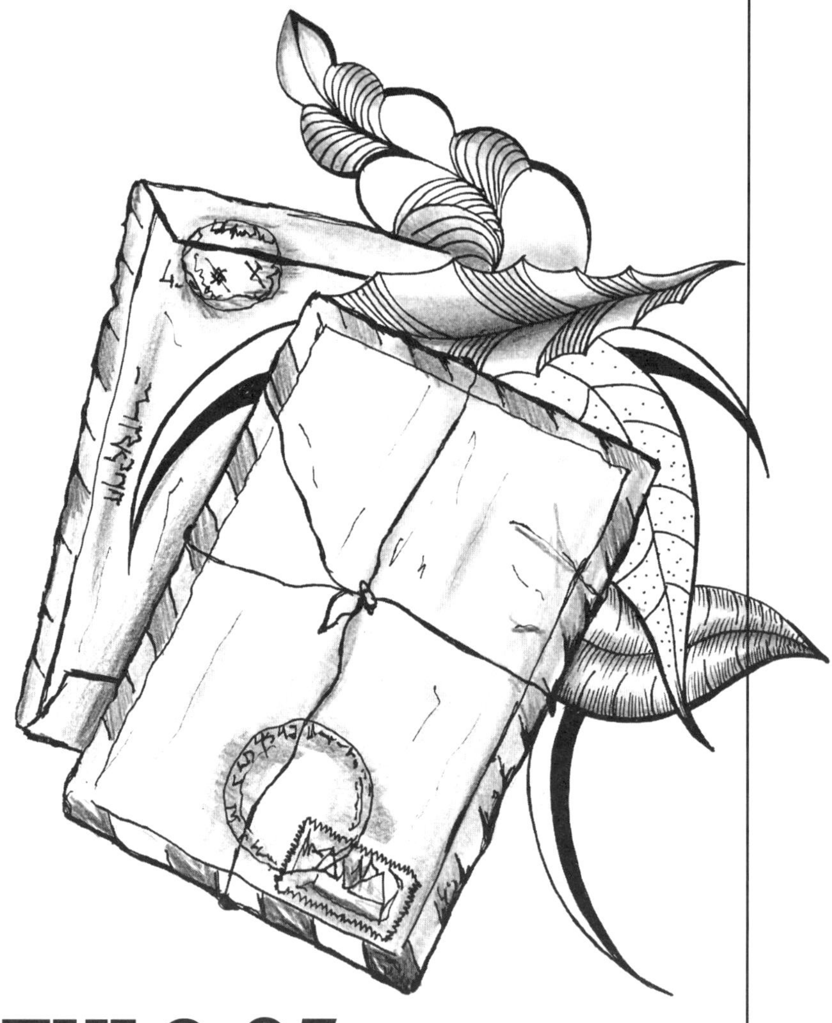

Capítulo 05

SOBREVIVENDO

Enquanto a filha era refém de piratas, Dóris havia sido resgatada em alto-mar pela Guarda Costeira. Ainda muito debilitada física e emocionalmente, não falava e não comia. Ela estava internada num hospital de uma pequena cidade portuária na costa africana. A falta de notícias da filha e do marido causava ainda mais dores e angústias.

O navio realmente tinha afundado por causa da terrível tormenta. Era uma embarcação velha e o constante impacto das enormes ondas causou rachaduras no casco. Devagar, encheu de água e foi à pique.

A notícia da tragédia chegou ao Brasil e aos familiares de Dóris e Nassir, que se puseram a investigar o paradeiro dos parentes que estavam desaparecidos.

Elias, que comandava os negócios do primo e cuidava da casa de Nassir, era um jovem muito inteligente. Ele começou a procurar pelo primo por todos os meios que podia. A lista de náufragos que a companhia naval emitiu continha os nomes de Marcelo, Dóris e Mariana Nassir.

Marcelo era ídolo de Elias. Por isso, o rapaz não sossegaria até encontrar o primo e o restante da família. Elias viajou até o porto onde Nassir embarcou e passou três dias conversando com marinheiros experientes, comandantes e capitães de navios cargueiros para entender o que poderia ter acontecido e quais eram as chances de sobrevivência.

Nesse interim, chegou a notícia em Caranaú que Dóris estava viva, mas muito doente num hospital na costa africana.

Duas semanas depois de Elias articular o resgate da esposa do primo, Dóris desembarcava no aeroporto da capital do estado. Ela chegou num avião da FAB junto a outros conterrâneos que escaparam do naufrágio.

Após passar por exames médicos, recebeu autorização para voltar à Caranaú. Foi direto para sua casa onde familiares aguardavam ansiosamente sua chegada.

Elias voltou para sua residência, mas a esposa ficou por uns dias para fazer companhia à mulher que havia perdido o marido e a filha numa tragédia sem precedentes. A notícia correu pela pequena cidade e os amigos a visitavam com constância. Até o miserável do Japa, dono da mercearia, visitava Dóris e sempre levava algumas frutas para agradá-la.

Tia Lupita era companhia para todas as horas. As duas rezavam o terço todas as tardes. Com isso, Dóris foi se reerguendo da depressão. Aos poucos, ela já estava cuidando de tudo e a esposa de Elias pôde deixar a casa.

Vinte dias após sua volta, Dóris foi até a farmácia e, quando voltou para casa, encontrou uma carta no vão da porta de entrada.

A barriga gelou! Seu coração imediatamente disparou. Ela reconheceu o envelope listrado de cores fortes. Sabia que era de Zahra. Correu para dentro e de qualquer jeito rasgou o envelope para ler a mensagem:

"Dóris, sei da sua dor e o quanto está sendo difícil. Mariana vive em nossos corações e segue seu destino. Com amor, Zahra".

A mensagem era confortante, mas deixava dúvidas no ar. O que será que aquela mulher mística queria dizer com "segue seu destino"? Será que a filha estava viva ou o destino dela teria sido a morte precoce?

Apesar das incertezas, a carta revigorou o coração de mãe. Dóris partiu atrás de Elias para se juntar ao primo na investigação. Queria saber sobre a possibilidade de Nassir e Mariana estarem vivos. Todos os esforços para localizá-los valeria a pena.

Voltou para casa vibrante, pois Elias tinha feito muitos contatos e estava de partida para a costa africana. Ele se encontraria com pessoas que estavam investigando o desaparecimento de familiares na mesma tragédia.

Ao entrar no quarto, Dóris lembrou-se das cartas de Zahra que ficaram guardadas numa caixa no armário. Ela abriu cada uma delas e as colocou sobre a penteadeira. Ficou sentada olhando para as mensagens, os envelopes e as folhas, agora secas, que vinham junto com as correspondências.

Depois de um momento de contemplação, levantou-se e foi tomar banho. Quando saiu do banheiro, olhou para a penteadeira e as cartas não estavam mais no lugar que havia deixado. Elas estavam agora em cima da cama e ordenadamente formavam um círculo. No meio da figura, as folhas dispostas formavam a palavra "VIVA".

As pernas bambearam, a boca secou e o coração disparou. Era inexplicável o que ela sentia. Não havia dúvida: sua filha estava viva! Não tinha como alguém ter entrado no quarto e feito aquilo. Dóris sentou-se na cama e chorou copiosamente abraçada numa blusa de Mariana.

O que fazer? Ela não poderia contar a ninguém o que havia acontecido. Certamente pensariam que estava maluca por conta do estresse da perda da família. Sorrindo, ela juntou as folhas, guardou cuidadosamente cada uma em seu envelope e botou tudo na mesma caixa, no mesmo lugar. Acendeu uma vela e, em oração, agradeceu à informação que acabara de receber.

Enquanto a família estava desaparecida há milhares de quilômetros, Dóris com sua força revigorada assumiu os negócios de Nassir ao lado de Elias. E começou a estudar sobre correntes marítimas, histórias de sobreviventes de naufrágios e o sistema social dos países africanos na costa do Atlântico.

Os negócios iam bem e Elias, agora com o suporte da esposa de Marcelo, foi correr o mundo atrás do primo querido.

Depois de viajar ao longo da costa africana, por ilhas, cidades e fazendas, ele obteve uma importante informação de um pescador. Os homens que ficaram no navio naufragado, inclusive marinheiros, pularam no mar com pedaços de madeiras e objetos flutuantes. Tentavam se salvar de qualquer jeito. Dois ou três conseguiram. Bastava saber quem eram esses dois ou três e ir até eles. Mesmo que Nassir não integrasse o grupo de sobreviventes, eles poderiam dar mais detalhes do que realmente aconteceu.

O pescador indicou uma pequena ilha perto da costa onde um dos sobreviventes, um marinheiro experiente, morava com a família.

Elias tinha feito amizade com um argentino chamado Pablo, que estava procurando o irmão que também estava no navio. Pablo era alto, magrelo de olhos bem azuis e cabelo loiro comprido. Era fotógrafo e estava acostumado a viajar pelo mundo pois era muito rico. Ele falava muito bem inglês e francês, além do castelhano. Do português tinha ótima noção. Isso facilitava muito a comunicação.

Pablo resolveu comprar um barco de porte médio. Ele dizia que, assim, poderiam vasculhar a costa e as pequenas ilhas sem depender da contratação de serviços de terceiros.

Depois da aquisição da embarcação, contratou um marinheiro. Dessa maneira, saíram rumo a tal ilha que morava um dos sobreviventes do naufrágio.

Dois dias de viagem e chegaram ao pequeno porto numa pequena praia maravilhosa de águas azuis e areias muito brancas.

Elias era do interior e não estava familiarizado com o litoral, mas nadava muito bem pois havia aprendido com o primo quando iam à represa. Quando se aproximaram, Pablo mergulhou e nadou rumo a praia. Elias esperou o barco chegar no trapiche e ajudou o marinheiro a amarrar a embarcação e descer com a bagagem.

Quando chegaram à praia, Pablo já estava falando com alguns homens que organizavam as redes de pesca. Eram claros de pele e magros. Diferentes de tudo que Elias tinha visto na região. Alguns tinham defeitos físicos nos pés e nas mãos. Depois, Pablo explicou que aquilo era resultado de que, no passado, pessoas da mesma família se casavam e tinham filhos. A consanguinidade trazia problemas genéticos.

Enfim encontraram o tal marinheiro. O homem os recebeu com muito afeto. Arrumou um lugar para ficarem e imediatamente contou que Nassir estava vivo:

— Nunca vou me esquecer daquele homem — Era evidente que falava com admiração — Foi o último a abandonar o navio. Era um bravo! Nós fomos resgatados juntos depois de cinco dias boiando no mar.

Pablo se comunicava com o marinheiro em inglês. O irmão do argentino teria pulado do navio antes. Por isso, ele não sabia dizer o que poderia ter ocorrido com ele.

Elias se precipitou e pediu para Pablo perguntar sobre o paradeiro do primo. O homem respondeu que Nassir tinha perdido uma perna num ataque de tubarão e, por causa do trauma, estava sem memória. Portanto, não sabia informar quem era e de onde viera. Não tinha documentos e estava numa pequena cidade costeira a quatro horas de barco dali.

Elias queria sair imediatamente, mas Pablo pediu para que ficassem e só saíssem pela manhã. Aquela foi a noite mais longa da vida do pobre Elias. Ele passou a noite em claro. Deitado numa fogueira na praia de areias brancas, via o céu estrelado imenso e pensava em como seria encontrar o primo no dia seguinte.

Ao amanhecer, Pablo havia sumido e deixado um bilhete em português:

“Elias, vá buscar seu primo. Arrume tudo e leve ele para casa. Vou ficar por aqui mais uns dias. Mande o barco de volta para me buscar. Depois, seguirei viagem atrás de meu irmão. Boa sorte.”

Elias leu e releu o bilhete para conseguir entender as palavras do argentino. Depois explicou ao marinheiro o que deveria ser feito. A dupla zarpou imediatamente para o sul, em direção à cidade que estaria Nassir.

Chegaram a um pequeno cais. Em poucos minutos, um português gordo e muito estúpido conduziu Elias até onde estava o primo. O português chamava-se Nenê e era conhecido na cidade inteira.

— Teu primo perneta está caducando das ideias! Ainda bem que chegaste.

Elias tinha vontade de socar o gordo estúpido que a cada palavra escarrava no chão e coçava a bunda.

Nenê mascava fumo e as cusparadas pretas respingavam no pé de Elias. Usava uma calça de tecido fino que mostrava o rego da bunda e a barriga enorme fugia da camisa de botões. Chinelo de couro e cabelo comprido e penteado pra trás.

Andaram por meia hora. Chegaram a uma casa de muro baixo e portão de ferro. As paredes eram amarelas e as portas pintadas de marrom. Uma casinha simples. O portuga deu um grito do portão. Logo saíram um rapaz vestido de branco e uma moça preta de nariz fino e olhos esbugalhados usando um vestido florido com cabelos bem presos.

Nenê explicou a situação e Elias foi convidado a entrar. Atravessou a sala de chão de madeira e móveis simples. Foi até o quintal de areia com pequenas árvores de sombra. Lá estava seu ídolo!

Nassir vestia bermuda branca de linho, camisa azul turquesa e se apoiava em muletas. Realmente havia perdido uma perna do joelho pra baixo. Elias não se conteve e gritou:

— Primo! Marcelo, meu primo! Encontrei você!

Correu e abraçou Nassir com muita alegria, mas não obteve a mesma emoção do familiar reencontrado. Nassir foi amável, mas não reconheceu Elias. A história da perda da memória era verdadeira.

Desapontado, Elias olhou para o portuga que estava na porta da cozinha observando a cena ao lado do casal que hospedava o marido de Dóris. Nenê não se segurou:

— Eu te avisei que o perneta estava ruim das ideias!

Elias olhou com cara de reprovação, mas foi o primo quem falou:

— Seu portuga imbecil, perneta é a sua mãe. Filho da puta!

Elias deu uma enorme gargalhada e o abraçou novamente:

— Esse é o meu primo mesmo! É ele!

Com cara de deboche, Nenê riu e cuspiu no chão da cozinha:

— Leve ele embora. Sumam daqui logo. A besta e o perneta!

Aí ninguém se aguentou e todos riram. Elias levou o primo para uma pequena hospedaria e ficaram juntos até embarcar de volta para o Brasil.

Até o dia do voo, Nassir não emitiu mais nenhuma palavra. Seguia em silêncio as instruções do primo.

Pouco antes de viajar, Elias foi até o porto dar instruções para o marinheiro levar o barco até a ilha onde estava Pablo. Quando chegou, o marinheiro não estava mais. Em busca de respostas, o primo de Nassir foi até o armazém do portuga. Nenê sabia de tudo que acontecia por aquelas bandas e certamente saberia dizer o que estava se passando:

— O cabeça de gaivota descobriu que o irmão virou comida de peixe. Morreu no mar. Então me mandou dispensar o marinheiro e vender o barco.

A estupidez do sujeito era a de sempre, mas a informação era correta. Se despediu do portuga e sentiu que jamais voltaria a vê-lo.

No saguão do aeroporto, Nassir com lágrimas nos olhos segurou Elias pelos braços e quebrou o silêncio:

— Dóris está viva? E Mariana?

Elias tomou um susto ao ver que Nassir recuperou a memória. Abraçou o primo com um nó na garganta:

— Dóris te espera, meu primo. Sua mulher está viva em casa.

Choraram abraçados. Nassir não perguntou mais nada e ambos ficaram em silêncio pelo resto da viagem.

No Brasil, a família esperava ansiosa a chegada da dupla. Elias não disse nada sobre Nassir ter perdido uma perna e estava receoso com a reação de Dóris.

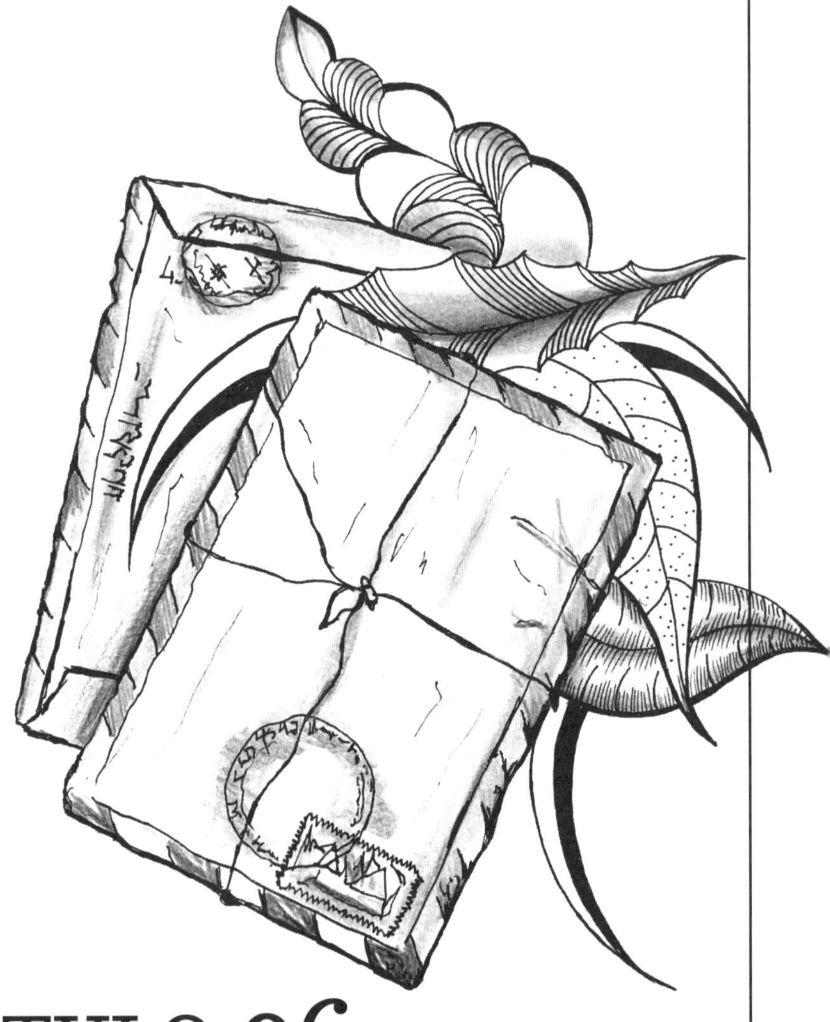

Capítulo 06

FLORESTA ENCANTADA

Três dias caminhando pela mata sem descanso. Preta Lua ou Niguri, como era seu nome verdadeiro, e a protegida Mariana paravam apenas para dormir e comer frutas ou insetos que coletavam na floresta.

A preta era filha de um mateiro conhecido por suas habilidades de passar dias embrenhado na floresta à procura de pedras preciosas. Niguri era órfã de mãe e, desde pequena, acompanhava o pai nas incursões pela mata fechada. Teve o treinamento perfeito para sobreviver e poder executar a fuga com a menina de pele branca.

No final do terceiro dia, as duas estavam exaustas, mas haviam chegado num dos montes mais inóspitos da região. Ali se escondia uma caverna que só o pai de Niguri conhecia. O lugar era de difícil acesso. Como não tinha uma entrada visível, a caverna passava desapercebida até pelos melhores mateiros. Para entrar era preciso escalar uma parede de pedras. Atrás de um tronco grudado na rocha ficava uma pequena entrada que só passava um de cada vez. Niguri amarrou Mariana em seu corpo e foi ensinando a menina a escalar e a se apoiar corretamente nas fendas do paredão de pedra e mato.

As duas entraram antes do anoitecer. Depois de alguns minutos, chegaram a uma piscina natural cristalina que era iluminada por uma fenda no alto do teto de pedras. Era uma visão de outro mundo. Parecia uma nova dimensão saída da floresta densa.

Niguri se apressou em coletar galhos e fazer fogo. Mariana a ajudava. Depois do fogo aceso, a menina, que já se comunicava bem com sua mãe preta, perguntou se poderiam banhar-se na piscina cristalina. Niguri fez um gesto que sim. Porém, ajoelhou-se e começou a resmungar uma oração em voz grave e baixa. Só depois a dupla entrou na água e se banhou. Em seguida, reuniram as coisas em volta do braseiro que era naquele momento a única fonte de luz e adormeceram.

Ainda na aldeia, Mariana havia feito um lápis com um pedaço fino de galho seco e com a ponta carbonizada. Pouco antes de pegar no sono, abriu o caderno, que era sua única bagagem, e escreveu:

“Estamos dentro da terra e me sinto no céu.”

As duas se comunicavam por gestos, olhares e intuitivamente se entendiam com perfeição. Niguri tinha em sua mochila de lona alimentos que poderiam sustentá-las por três dias dentro daquela maravilhosa caverna antes de ter que sair para coletar frutas, folhas, insetos ou caçar algum pequeno animal.

Preta Lua era realmente iluminada em seu sorriso e em seu olhar. Tinha uma coragem fora do normal e se comportava na mata como se estivesse dentro de sua casa. Mariana era obediente e, quando sorria, enchia o coração da tutora de alegria e esperança.

A piscina de águas cristalinas era um paraíso. Preta Lua dava gargalhadas vendo a princesa cor de rosa mergulhando.

Mariana tinha sonhos e se levantava falando sozinha e fazendo orações como fez na aldeia e no navio. Niguri ficava inteira arrepiada. Com medo, se ajoelhava e reverenciava a pequena feiticeira.

Era uma relação de respeito mútuo e proteção que se estabelecia. Assim, os dias se passavam.

Mariana começou a criar habilidades em fazer fogo, coletar alimentos e escalar sozinha.

Numa noite, Niguri informou à protegida que sairia pela manhã antes do sol nascer e só voltaria no final do dia. Pediu que Mariana ficasse quieta e que mantivesse apenas a brasa acesa da fogueira. Niguri pretendia ir até um rio próximo que conhecia para pescar, caçar e coletar folhas e frutas. Também pegaria barro para fazer utensílios. Elas teriam que ficar o mais tempo possível longe de tudo e de todos até que as pessoas se esquecessem da jovem feiticeira.

Antes de clarear, Preta Lua sumiu e se embrenhou na mata. Mariana ficou quieta ouvindo cada ruído e observando cada movimento da caverna enorme. Seu caderno ficou cheio de reflexões e desenhos daquele dia. O medo era petrificador, mas a menina tinha realmente dons fora do normal.

Ela se ajoelhou no início da tarde e solicitou intuitivamente, através de orações, uma companhia do reino animal. Ela tinha saudades da sua cadelinha vira-lata e imaginou que, pedindo em preces, receberia uma companhia para o momento difícil. Porém, Mariana não entendia ainda a complexidade de seu poder. Suas orações somariam forças com as orações de sua mãe, mesmo que à distância. Seus guias espirituais usariam a energia convergente das preces para materializar o que fosse necessário.

Após orar, a menina sentou-se em volta das brasas e ficou olhando para a piscina de pedras. De uma fenda larga, saiu uma píton amarela com três metros de comprimento. Não era bem o tipo de companhia que ela havia imaginado, mas ali estava o resultado das orações...

No início, Mariana teve medo, mas logo entendeu que seu dom não estava tão aprimorado e sua companhia seria uma cobra. A píton se aproximou da menina, rodeou todo o lugar e se retirou suavemente para a piscina de onde havia saído.

Na floresta, Niguri tinha trabalhado duro. Numa cesta feita com folhas de palmeiras carregava peixes. Numa sacola trazia várias frutas, folhas e leguminosas coletadas na floresta. Mais ou menos próximo ao ponto de subida do paredão de pedra, Niguri ouviu uma voz. Muito assustada, largou tudo no chão e se escondeu segurando o facão que trazia desde a aldeia.

No meio da mata, apareceu uma mulher idosa, vestindo uma roupa feita com retalhos e missangas. Um tipo de vestido que cobria o corpo inteiro. Vinha com colares de sementes e um pano na cabeça. Sua pele era lisa, seus olhos verdes amarelados. As mãos tinham pulseiras com pedras preciosas e sementes raras.

Niguri sabia de quem se tratava. Aquela mulher tinha sido descrita por seu pai inúmeras vezes. Era a feiticeira que vivia na floresta há muito tempo. A mulher olhou no fundo dos olhos de Niguri:

— Vou te ajudar com Nambi. Sozinha você vai perder a menina. Jatula me mandou.

Jatula era o pai de Niguri. Ele tinha morrido há dois anos, mas frequentemente aparecia nos sonhos da filha. Preta Lua estava com receio, mas o medo de cuidar da menina sozinha e falhar era maior. Assim, consentiu com a cabeça. As duas recolheram as coisas que estavam no chão e, em silêncio, se apressaram para escalar o paredão.

Ao chegarem à caverna, Mariana estava nadando na piscina e a píton a observava enrolada na pedra. Niguri ameaçou ir na direção da cobra para salvar a menina do perigo iminente, mas a velha feiticeira fez um gesto que não fosse:

— Aquela é Enam, a protetora da menina de luz. Deixe-a.

Mariana saiu da água e a senhora com aparência centenária e movimentos corporais de uma jovem se ajoelhou. Estendeu os braços e a convidou para um abraço. A menina olhou para Preta Lua, que consentiu com o olhar.

Ao abraçarem-se, as duas feiticeiras criaram um campo iluminado em volta delas que clareou a caverna inteira e a píton que estava enrolada na pedra ficou dourada.

Niguri desmaiou. As duas ajustaram o corpo da preta que havia trabalhado o dia todo e deixaram-na dormir perto do fogo. Mariana pegou um pedaço de pano, umedeceu na água da piscina e suavemente passava pelo rosto da amiga adormecida. A velha olhava a cena cheia de ternura e tinha a certeza de que aquela menina não era comum e Niguri menos ainda. Eram seres humanos iluminados e tinham missões importantes a cumprir.

Leesadi era o nome da velha feiticeira e suas histórias eram conhecidas pelos sacerdotes de todas as tribos africanas. Nunca houve o relato de que alguém comum a viu, apenas seus feitos e magias eram admirados. Era tão temida que suas histórias eram proibidas entre pessoas comuns. Apenas os sacerdotes falavam do assunto, mas todos conheciam suas façanhas. Onde há duas ou mais pessoas não existe segredo.

No dia seguinte, Niguri perguntou a Leesadi o que deveria fazer com a menina. Elas falavam na língua da tribo de Niguri e Mariana não compreendia tudo ainda. A feiticeira foi clara. Disse que treinaria a menina até que desenvolvesse seus dons, compreendesse o poder que havia nascido para que não usasse de forma errada.

Falou que, depois disso, a levaria para um lugar especial, onde ela encontraria com seu protetor e seguiria seu destino.

A velha feiticeira conhecia aquela caverna como a palma da mão pois havia vivido ali por anos se escondendo de caçadores e religiosos fanáticos. Ela quase não se alimentava. Comia apenas folhas, frutas e tomava água. Passava a noite sentada em profunda meditação com os olhos semiabertos.

Mariana e Niguri se afeiçoaram a Leesad e absorviam todos os ensinamentos com muito amor. A velha feiticeira as levou até um salão dentro daquela caverna por caminhos que não pareciam existir antes. A nova ala era ainda maior e tinha um paredão de pedras cheio de plantas e árvores. Não havia teto numa parte. Era possível ficar embaixo da cobertura em um pedaço do salão ou tomar chuva e sol na enorme abertura da outra seção.

Havia uma forma de subir o paredão de pedras e lá no alto era possível ver quilômetros de floresta em todas as direções. Mariana subia todos os dias para ver o horizonte, apesar de Niguri não gostar daquilo. Às vezes, Leesad sumia e passava o dia fora da caverna. Chegava só à noite. As duas não sabiam por onde ela ingressava. Era impossível escalar o paredão de entrada no escuro, ainda mais sendo uma velha centenária.

Ela voltava com roupas diferentes e com joias no pescoço e nos pulsos. Seu cabelo branco era sedoso e seus gestos de uma rainha. Era magra com braços fortes e transparecia muito vigor.

Mariana gostava de ir ao primeiro salão para nadar com Enam. Era só a menina aparecer que a píton amarela entrava na água e a circundava em movimentos graciosos e suaves. Mariana nunca a tocou. Havia ali um código velado e a menina entendia perfeitamente.

Leesad levava suas discípulas para coletar frutas fora da caverna. Niguri era forte e ágil e Mariana aos poucos foi se tornando também. Não era fácil estar longe da mãe e do pai, com pessoas estranhas e num lugar selvagem e cheio de acontecimentos estranhos. Porém, Mariana ainda era uma adolescente e os registros em sua cabeça vinham sem contaminações e expectativas. Ela vivia e pronto.

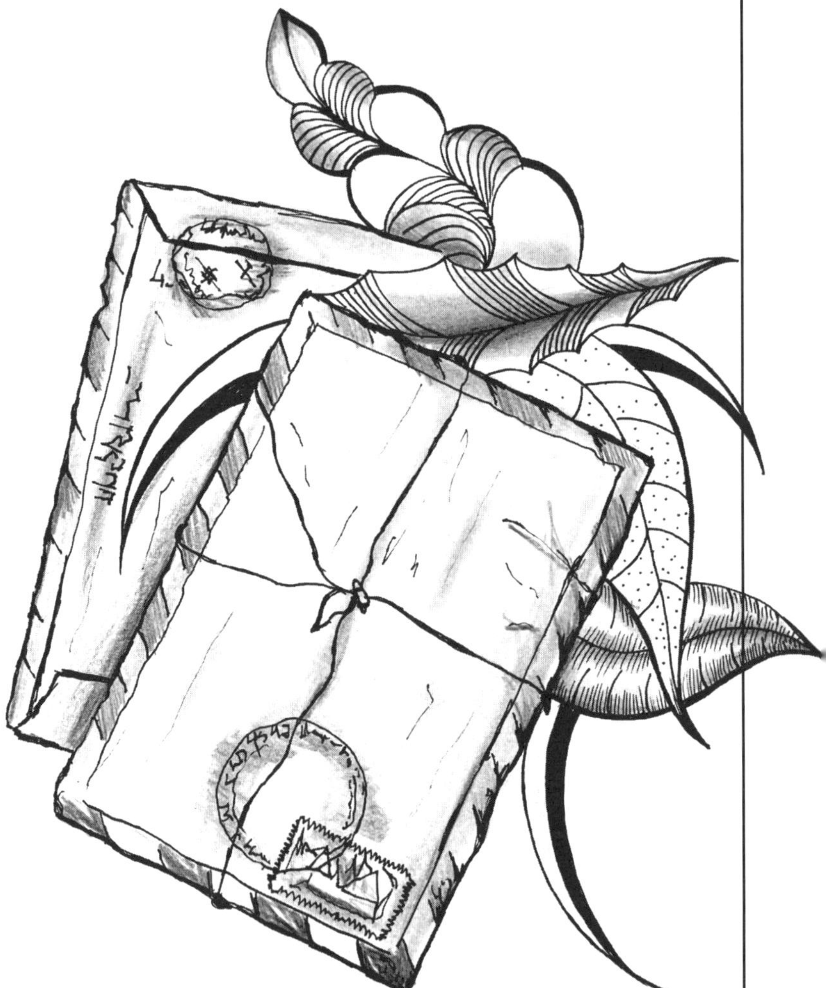

Capítulo 07

NASSIR DE VOLTA

Ainda era madrugada. O sol estava nascendo na planície de terras vermelhas quando Elias e Nassir chegaram à Caranaú. Pararam no consultório do Dr. Lemon para o exame clínico geral e a análise da perna amputada de Nassir. O marido de Dóris, agora perneta como disse o portuga, revelou ao médico todo o drama vivido nos últimos tempos e que ainda assim, estava com muita vergonha de aparecer daquela maneira diante de sua linda mulher. Dr. Lemon era um polaco com cara de goiaba, com olhos azuis e cabelo ralo.

— Nassir, meu caro, sei da sua dor e do seu constrangimento, mas Dóris é uma mulher de fibras e vai aceitar esse fato tranquilamente.

Nassir balançou a cabeça contrariado:

— Eu saí daqui forte e com meu corpo inteiro, como ela gostava. Agora volto amputado.

— Você voltou sem uma perna, homem, mas não perdeu a língua nem o pinto — Deu uma risada besta — Deixe que ela decida qual o tamanho do problema.

Os dois se olharam. Pela primeira vez em meses, Nassir deu risada. Antes de sair do consultório, o doutor solicitou com ar de preocupação que ele voltasse em poucos dias para examinar novamente a perna amputada.

Dóris estava em casa e não sabia ao certo quando o marido chegaria. Ao escutar o barulho do carro na porta, saiu rapidamente. Nassir deixava o veículo com a ajuda do primo e apoiando-se em muletas. Elias não teve coragem de encarar Dóris. Imediatamente retornou ao taxi e se foi.

Nassir ficou parado olhando para a mulher sem conseguir andar, falar ou gesticular. Na frente do portão, ele sentiu os olhos mareados de lágrimas.

Com muita altivez, Dóris seguiu em direção ao marido, abriu o sorriso mais lindo e o abraçou:

— Meu amor, você voltou pra mim!

Nassir começou a chorar, largou as muletas e abraçou a esposa com força. Ela o beijava no rosto, na boca, nos olhos e mexia em seu cabelo com muito amor. Matava a saudade e o medo que a consumiam por tanto tempo.

Nassir era recatado e pediu a ela que entrasse. Dóris virou-se e caminhou na frente levando a pequena bolsa de viagem do marido. Com dificuldade, ele pegou as muletas do chão e entrou atrás. Ali Marcelo percebeu que sua mulher era muito especial. Ela sequer comentou sobre a falta da perna e fez questão de não o ajudar com as muletas pois sabia que ele era orgulhoso.

Eles novamente se abraçaram dentro de casa. O choro foi inevitável ao mencionarem a filha. A amputação mais grave para o casal era a falta da menina. O desespero por não saberem se ela estava viva ou morta, se estava sendo bem tratada ou sofrendo era interminável nos corações dos pais.

Dóris preparou o café da manhã e juntos conversaram horas na cozinha. Falaram sobre o acidente no mar, o que aconteceu após o navio afundar e todas as coisas que guardavam no peito. O marido ainda não tinha recobrado totalmente a memória e ficava confuso com a sequência de acontecimentos desde que pulou na água para se salvar do naufrágio.

Em um certo momento, Nassir se calou e voltou a ser o homem contido e sério de sempre. Adormeceu no sofá naquela noite pois o cansaço da viagem e o constrangimento da perna amputada o impediram de ir para o quarto deitar-se ao lado da mulher. Não querendo deixá-lo sozinho, Dóris esticou-se na poltrona com os pés na mesa de centro e dormiu ao lado dele. O amor provava ser uma caixa de ferramentas completa.

No dia seguinte, Nassir saiu cedo e foi ao encontro de Elias para saber os detalhes dos negócios e, principalmente, para traçar um plano de busca da filha. Elias estava cheio de informações e contatos na África. Isso facilitaria a investigação sobre o paradeiro de Mariana. Porém, as informações não eram animadoras. As pessoas tinham medo de falar da prática de sequestros e do comércio de mulheres e crianças. Ninguém queria se meter. A polícia africana era ineficiente e corrupta. Tudo dependia de propinas e favores.

Depois de passarem o dia conversando, decidiram que fariam de tudo para trazer Mariana de volta.

Quando Marcelo chegou em casa à noite, Dóris havia preparado um jantar especial e deixado a casa linda e perfumada. Ela sabia que se enfiar em tristeza não ajudaria em nada na recuperação física e psicológica do marido. Após o jantar, a esposa falou com convicção:

— Marcelo, nossa filha está viva!

— Como você pode afirmar uma coisa dessas?! Teve alguma informação?

— Sim, eu recebi uma carta daquela mulher que veio aqui quando Mariana nasceu.

— A cigana?

— Ela não é cigana.

— Por favor Dóris, não me venha com truques e adivinhações. Esse assunto é muito sério. Não vou desistir de encontrar nossa filha, nem que seja para trazer só o corpo dela de volta.

— Sei do que estou falando, ela está viva. Não sei onde, mas sei que está viva.

Nassir fez um carinho no cabelo da mulher, deu um beijo em sua testa e saiu da sala. Foi até sua pasta e pegou mapas da região onde aconteceu o sequestro da filha. Sentou-se na mesa e ficou até tarde da noite estudando cada canto daquela região enorme.

Nos dias seguintes, o casal conversou muito e fez planos mais detalhados para encontrar a filha. Mas o médico havia solicitado que Nassir voltasse ao consultório para ver a perna. Depois de exames, Dr. Lemon constatou que havia uma grave infecção no osso. Era necessário ir para a capital para fazer o tratamento adequado. Nassir foi. Elias levou o primo e ficou ao seu lado durante todo o tratamento.

Dóris estranhou a longa internação. A comunicação não era das melhores e ela só tinha notícias vagas uma vez por semana. Aflita, resolveu ir até a capital e acompanhar de perto o que estava acontecendo.

Quando chegou, se encontrou com os médicos responsáveis e recebeu a notícia de que Nassir dificilmente sobreviveria. A infecção era grave e havia se espalhado pelo corpo. Ela ficou uma semana ao lado do marido, que não resistiu e morreu no hospital.

O drama de Dóris só aumentava. Agora teria que encontrar a filha sozinha. O jeito era erguer a cabeça, voltar a cuidar dos negócios da família e seguir a vida guardando o luto.

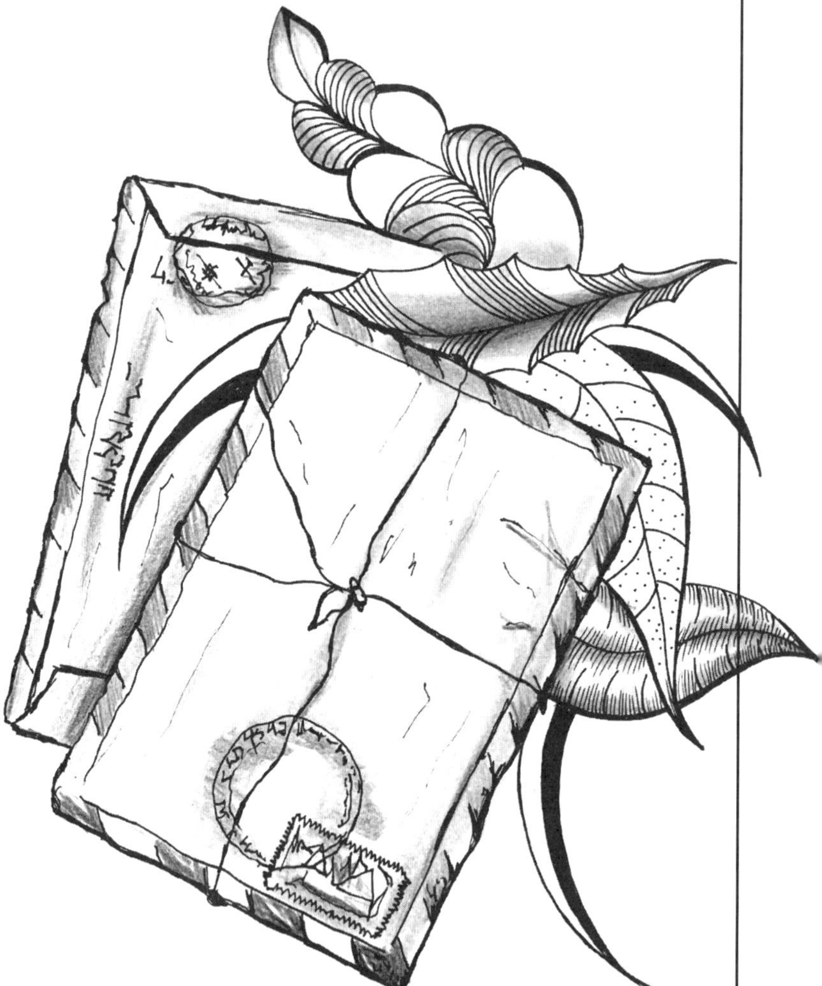

Capítulo 08

O DESTINO

Dois anos se passaram. Mariana era agora residente da floresta. Saía sozinha da caverna e conhecia trilhas, riachos e uma grande parte da mata. Todas as tardes, subia no alto da sua sala e observava a floresta mapeando mentalmente por onde andaria. Seu corpo era magro e com músculos finos e fortes. Só comia o que a natureza oferecia. Naqueles anos, nunca ficou doente ou se machucou.

Leesad vinha para a convivência delas três ou quatro vezes por semana e sempre aparecia à noite. Seus ensinamentos sobre magia, culinária, sobrevivência e sobre as relações humanas eram intensos. Niguri e Mariana evoluíram muito. A feiticeira era sábia, conhecia cada pedaço da floresta, dos povos antigos, de literatura, das guerras locais e tinha uma memória incrível. Contava histórias reais do continente como se tivessem acontecido na sua cozinha.

Era uma convivência cheia de harmonia e ninguém precisava pedir ou mandar. Tudo era feito de forma coordenada e por livre e espontânea vontade.

Mas as três sabiam que aquilo tinha prazo de validade. Teriam que sair dali em algum momento e Mariana ser devolvida para sua verdadeira família. Não tinham ideia de como seria. Mas sabiam que Leesad tinha um plano.

Numa tarde quente, enquanto Mariana estava coletando frutas pela mata, Leesad chegou na caverna com os olhos brilhando, cabelos soltos, uma roupa clara e sem as joias de costume. Olhou seriamente para Niguri e informou:

— Amanhã cedo partimos. Chegou a hora da menina encontrar seu destino. Ela está pronta e você também.

Niguri não se espantou. Sabia que aquele momento chegaria. Ao longo dos anos de convívio, tinha estabelecido uma relação de confiança sólida com a velha feiticeira.

— O que devo fazer, Leesad?

— Arrume tudo. Não vamos levar nada. Temos que deixar esse lugar sagrado da forma que encontramos. Não podemos deixar nada e vamos apagar os rastros que estivemos aqui. Sairemos antes do sol nascer. Quando Mariana chegou, as duas já tinham combinado tudo.

Na manhã seguinte, as três estavam prontas para partir. Mariana disse:

— Vou até a piscina me despedir de Enam.

— Não. Ela já foi embora e te acompanhará de uma outra maneira — Leesad apontou para o interior da caverna — Vamos embora!

Niguri estranhou pois era o sentido oposto ao da saída. Mesmo assim, seguiram a velha sem questionar. Na parede que não tinha sequer uma simples rachadura, agora havia uma passagem. Um pequeno túnel que ligava o interior da caverna diretamente à floresta. Niguri e Mariana se olharam. Foi aí que entenderam como Leesad chegava e saía sem dificuldades. Era o poder da velha feiticeira de abrir espaços onde não havia. Aquilo era incrível. A descoberta encheu as duas de coragem e confiança para seguirem a anciã.

Andaram o dia todo e pouco antes de anoitecer chegaram numa pequena aldeia. Um sacerdote as esperava. Ele conduziu as três para dentro de uma oca de barro sem telhado. A construção era exatamente igual à que Niguri morava no vilarejo que precisou abandonar para sumir com Mariana.

O homem era muito alto e tinha a pele bem preta, cabelo era comprido e várias tranças. Usava uma roupa de tecido fino só da cintura pra baixo e trazia no pescoço um colar com dentes e pequenas penas coloridas.

Ele ofereceu um lugar para que elas se sentassem. Em seguida, serviu uma sopa que tinha cheiro forte e péssima aparência. Mariana torceu o nariz e não comeu. Niguri comeu apenas para honrar a oferta. Leesad só observou.

Antes de amanhecer, o sacerdote conduziu as viajantes para longe da aldeia. Elas não podiam ser vistas pelos integrantes da tribo. Ele se despediu da velha, veio até Niguri e tocou na testa dela com a mão direita. Em seguida, tocou a testa de Mariana e sorriu. O homem tinha olhos enormes e dentes amarelos. Elas seguiram viagem apressadas por trilhas e matas fechadas.

Na noite seguinte, Leesad sumiu por algum tempo como de costume. Antes de amanhecer, apareceu com uma pequena faca afiada e um pote de barro com uma substância escura dentro.

Ela cortou o cabelo de Mariana quase careca e pintou a menina inteira com aquela tinta. Pegou um pedaço de pano e orientou Mariana para que amarrasse na testa. Caso encontrassem alguém, ela deveria pôr o pano nos olhos e se fingir de cega.

O caminho que elas percorreriam cruzaria várias tribos e muitos vilarejos. Uma menina de pele branca, cabelos loiros e olhos tão azuis chamaria demais a atenção. Não existiam crianças assim por ali e certamente teriam problemas.

Niguri também raspou a cabeça, rasgou suas roupas e se sujou com terra. A velha Leesad era muito esperta. Apesar de jamais ter sido vista, sabia que acompanhada das discípulas, corria esse risco.

Assim, as três seguiram por dias atravessando matas, rios, pequenas áreas desérticas. Durante o dia era quente como o inferno. À noite esfriava. Às vezes, chovia torrencialmente por muitas horas.

Numa tarde, avistaram uma montanha distante em uma região desértica. Lessad disse que aquela montanha era onde ficariam uns dias sob a guarda de algumas amigas.

Já a noite, com muita dificuldade de enxergar o caminho, chegaram e foram recebidas por duas mulheres pretas idênticas. Eram gêmeas, se vestiam de forma igual e falavam juntas. Pareciam dois corpos de um só ser. Eram alegres e reuniram mais algumas mulheres. Cantaram, dançaram e tocaram instrumentos de corda e percussão.

Não havia homens ali. Eles não eram bem-vindos. Os últimos que tentaram entrar na aldeia adoeceram e morreram. As moradoras eram feiticeiras de uma ordem feminina. Eram alunas de Leesad e reverenciavam a velha como se ela fosse uma deusa.

Mariana se tornou a atração principal. Foi levada a uma sala e tomou banho com água fria e ervas. A tinta do corpo saiu e as mulheres da tribo admiravam a menina careca e branca. Seus olhos azuis brilhavam e Mariana sentiu-se em casa.

Durante a dança da noite, Mariana, que estava de mãos dadas com Niguri, foi de repente até o meio do terreiro e ajoelhou-se. Todas as mulheres pararam de dançar e ficaram em absoluto silêncio olhando. Leesad fez um sinal com as mãos indicando que observassem a menina de luz.

A fogueira refletia luzes nas árvores, a poeira levantada pelos pés das mulheres que dançavam formava uma neblina que era atravessada pelas luzes do fogo. A madeira que queimava exalava um perfume adocicado. O ambiente estava completamente permeado de positividade e doçura.

Mariana ajoelhada começou a cantarolar e murmurar orações. Seu corpo branco estava refulgente e suas mãos bailavam em gestos. Era uma noite com céu estrelado e, de repente, o céu começou a mudar. As estrelas passavam rápido como se a Terra estivesse girando acelerada.

As mulheres ajoelharam-se também e viam perplexas as estrelas correndo pelo céu! Leesad sorria e admirava sua pupila brincando com a natureza.

Mariana parou, deitou-se de barriga para cima, abriu os braços e ficou admirando o céu. Quando aquilo cessou, havia um círculo de folhas em volta da menina de luz. No escuro e entre as árvores, surgiu Enam. Antes que tivessem medo, Mariana estendeu as mãos convidando sua protetora a entrar no círculo.

Enam atravessou o terreiro. Com o corpo refulgente, a cobra subiu pelo corpo de Mariana, que permanecia ajoelhada, e se enrolou em seu pescoço como se fosse um ornamento. Parte da cobra ficou no chão e a outra enrolada em Mariana. Nesse instante, Enam ficou dourada e as duas juntas brilharam como a lua cheia.

As mulheres da aldeia, de mãos postas em reverência, entraram em meditação seguindo Leesad e, assim, ficaram por alguns minutos até que Enam escorregou suavemente pelo corpo de sua protegida e se embrenhou na mata escura. Mariana sorriu. Em seguida, choveu exatamente como na aldeia de Niguri.

Era um acontecimento ímpar. Todas as mulheres que participaram daquilo jamais se esqueceriam da menina e seus encantos. Reunidas, cantaram em louvor e dançaram a noite toda com muita alegria. Pintaram seus corpos com a lama feita pela chuva.

Quando Enam saiu do seu pescoço, Mariana sentiu que jamais encontraria novamente com aquele ser tão especial que possuía um corpo de cobra.

No dia seguinte, Niguri novamente pintou Mariana com o pigmento marrom escuro que Leesad havia trazido para a viagem. Saíram dali para deixar saudades e, provavelmente, nunca mais voltar.

Depois de um dia e meio andando sem parar, chegaram a uma rodovia precária sem calçamento, mas com marcas de carros e caminhões no chão. Muito séria, Lessad olhou para Mariana, ajoelhou-se na frente da menina e, segurando suas mãos, disse:

— Agora você vai seguir o seu destino. Estaremos sempre com você em espírito. Vai passar um carro por aqui e uma mulher vai te oferecer socorro. Vá com ela. Nunca conte nada do seu passado e nem revele o seu segredo.

Mariana não se conteve ao escutar aquilo e ver Preta Lua chorando. A menina começou a chorar e sinalizar que não com a cabeça. Niguri pegou Mariana em seus braços fortes e choraram juntas por alguns minutos.

Niguri disse:

— Nunca te deixarei e em breve estaremos juntas novamente. Agora pare de chorar e siga seu destino!

Mariana sentou-se em um tronco na sombra de uma árvore à beira da estrada e ficou quieta. As duas se afastaram e rapidamente sumiram no meio do nada. Era uma despedida extremamente dura e, pior ainda, sem saber o que viria pela frente.

Horas se passaram e não havia nem um sinal de carro ou caminhão. Mariana estava ansiosa imaginando que Leesad havia se enganado.

O entardecer chegou rápido. Enquanto Mariana observava um lindo pôr do sol no horizonte de campos de areia com poucos arbustos, ouviu um barulho ao longe. Sim, era um carro, ou quase um carro. Um tipo de veículo com caçamba.

Mariana não teve coragem de acenar ou chamar atenção. Porém, era impossível o motorista não ver uma criança de quase catorze anos sozinha na beira da estrada.

O carro diminuiu, parou. Dentro não havia uma mulher. Era um homem gordo, vestido com uma roupa cor de areia, bermudas, meias até a canela e botas de cano curto. O cabelo era branco e a pele cor de rosa. Parecia o porco da tia Lubita, pensou Mariana.

O homem desceu do carro e falou em dialeto com a menina. Depois tentou inglês. Mariana ficou em silêncio. Ele parecia ser um bom homem e indicou que ela subisse na caçamba para seguir com ele. Tinha que sair da estrada deserta naquele fim de mundo.

Sem titubear, ela saltou para cima do carro e o homem deu uma gargalhada ao ver a agilidade e a força da menina.

Antes de partir, ele deu para a Mariana um saco de papel. Dentro tinha um pedaço de pão de batata com queijo e geleia. Ele voltou para a cabine, ligou a lata velha e saiu como um louco.

Mariana abriu o saco de pão e comeu a melhor refeição da vida na boleia da lata velha. Estava atravessando as savanas africanas com o porco da tia Lubita dirigindo.

Depois de duas horas de estradas esburacadas, chegaram a uma pequena vila que lembrava os bairros rurais de Caranaú. O motorista chamava-se Brandon e era irlandês. Ele parou em frente a uma casa de cores amareladas, portões azuis e buzinou a lata velha.

Já era tarde e não havia luzes acesas nas casas. Uma luz se acendeu e saiu uma senhora com uma lanterna. Ela imediatamente sorriu e cumprimentou Brandon. Ele falou que havia resgatado a menina na beira da estrada e estava ali para deixá-la.

Mariana ficou quieta na caçamba até a mulher solicitar que ela descesse. Mariana lembrou-se da instrução de Leesad e interpretou que aquela seria a mulher citada. Entrou na casa enquanto o porco rosa ligou aquela coisa e foi embora sem se despedir.

Mariana ainda estava com o corpo pintado, o cabelo bem curto, quase careca, e o pano na testa escondendo boa parte dos olhos.

Ao entrar, lembrou-se da casa de seu avô, o pai de Dóris. O piso era de madeira, os móveis lustrados, cortinas brancas com forro e as paredes com quadros. Só o cheiro do lugar era diferente de tudo o que conhecia: uma mistura de lustra móveis que sua mãe usava com casca de árvore. A casa era ampla, com muitas portas e corredores compridos. Na verdade, era uma hospedaria para refugiados e feridos das guerras civis que aconteciam a todo momento pelo continente.

A senhora que acolheu Mariana era a coordenadora do espaço mantido por governos de países ricos que tinham programas de reabilitação para refugiados e feridos. A mulher não falava nada. Só indicava com o nariz o que Mariana devia fazer.

Ela acendeu a luz de um banheiro enorme, com louças brancas, azulejos decorados extremamente limpos. Deu uma toalha e uma pedra de sabão e indicou que Mariana tomasse banho. A menina obedeceu. Se enxugou e observou que em cima da pia havia uma muda de roupas para ela se vestir. Ela jogou os trapos que vestia numa cesta e saiu do banheiro asseada e vestida com a roupinha que parecia um uniforme escolar.

Vilma era o nome da professora e enfermeira que comandava o lugar. Quando viu Mariana de banho tomado, levou as mãos à boca:

— Meu Deus! Você é branca!

Mariana entendeu, pois, Vilma falou em inglês e a menina tinha noções do idioma. A coordenadora colocou um prato de sopa na mesa e indicou que Mariana se sentasse e comesse. Já era tarde e o silêncio na casa predominava. Mariana percebeu que ali havia muita organização e disciplina, pois a mulher falava muito baixo e não fazia barulho. Era tudo impecável. Na parede havia um oratório com uma santa muito parecida com a que havia em sua escola no Brasil.

Mariana tomou a sopa e foi conduzida ao quarto para repousar. Ela se deitou e pela primeira vez em mais de três anos dormiu numa cama com lençóis limpos.

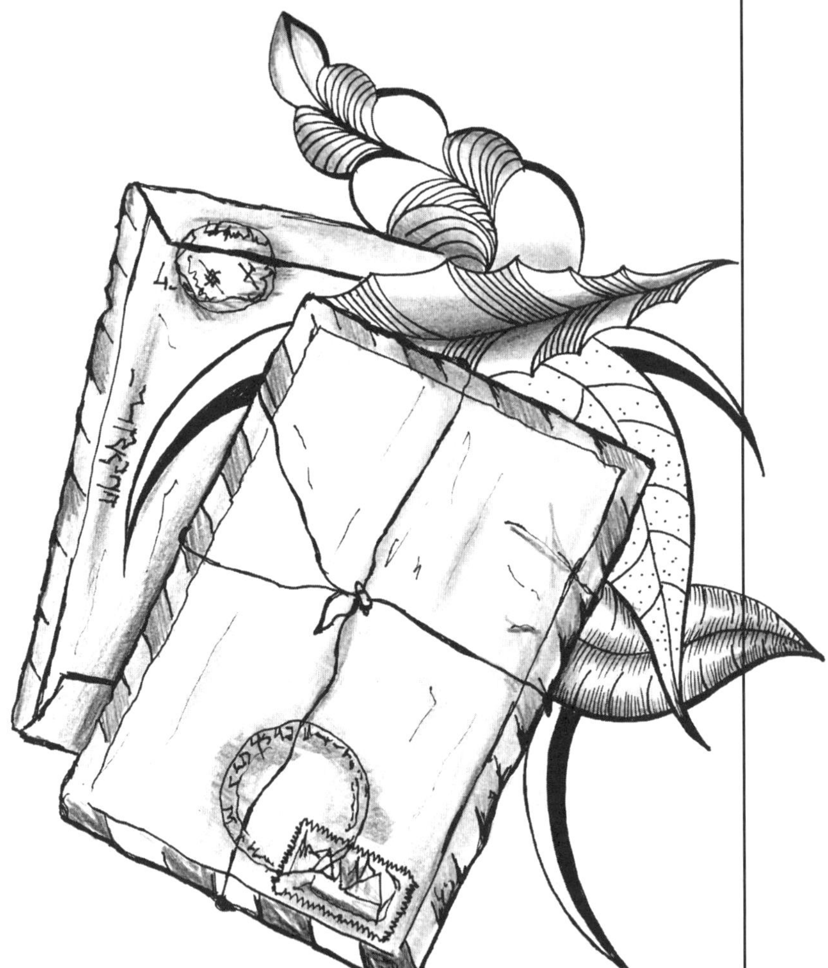

Capítulo 09

SOMBRAS DO DESTINO

Dóris perdeu a filha e o marido. Restou-lhe uma enorme solidão e os negócios da família. Elias não a decepcionou. Ele se provou honesto, responsável e dedicado nos momentos mais difíceis. Por isso, recebeu uma participação nos negócios do primo, que agora eram prósperos. Como sócios, Dóris e Elias cuidavam para aumentar o capital deixado por Marcelo Nassir. O patrimônio adquirido crescia com o passar do tempo.

Nunca Dóris perdeu a esperança de encontrar a filha. Com ajuda de Elias, ela contratou pessoas em diferentes lugares da África para investigar o paradeiro da menina. As notícias chegavam sempre com possibilidade, mas nunca como realidade no sentido de encontrar Mariana.

Sempre que entrava em casa, a viúva tinha a esperanças de encontrar uma carta de Zahra, inclusive por isso evitou se mudar de residência. Três longos anos haviam se passado e ficava difícil manter o otimismo.

A família toda, com exceção de Dóris e Elias, dava o assunto como encerrado e os amigos se referiam à Mariana como morta. Mal sabiam que a pequena feiticeira estava vivendo uma rotina completamente diferente de tudo, em lugares que nem a mais fértil das imaginações poderia descrever.

Devagar, a procura pela filha tomava corpo e novas pistas apareciam. A mãe viajava sempre que podia para a costa africana e, na última vez, teve informações que a conduziram até a aldeia onde Mariana foi levada pelos sequestradores.

Se passando por funcionária de uma organização internacional de ajuda humanitária, Dóris conseguiu que um tradutor fizesse diversas perguntas aos líderes da tribo. Porém, muito ressabiados, não deram informações valiosas. No fim, pediram ajuda financeira e se colocaram como vítimas.

Nessa viagem, a mãe de Mariana se hospedou numa pequena pensão na cidade mais próxima da aldeia em questão. Lá conheceu uma senhora que cuidava da limpeza e que havia trabalhado desde menina na casa de portugueses. Assim, falava muito bem o português. Titi era o seu apelido. Ela sabia de tudo o que acontecia na região.

Numa noite, logo após o jantar, que era servido numa cozinha simples e fresca, Dóris estava pensativa quando Titi se aproximou:

— Dóris, sei da tua tristeza e da tua angústia por não saber o paradeiro da tua filha. Há algum tempo, ouvi uma conversa de que uma menina branca, de cabelos dourados e olhos bem azuis esteve na tribo dos Nidis, onde a senhora foi. Diziam que era uma pequena feiticeira e o chefe do lugar mandou que levassem ela embora.

Dóris se levantou, foi em direção à Titi e, com as duas mãos na boca, ficou parada olhando para aquela senhorinha que não parecia mentir.

— Conte mais, por favor. Saiba que não vou te trazer problemas. Só quero encontrar minha filha.

— Foi só isso o que ouvi e depois ninguém falou mais nada. As pessoas têm muito medo.

Dóris sentou-se e pediu para Titi lhe trazer um chá. Muito emocionada, chorou, pois, tinha certeza de que se tratava de Mariana. A descrição física, o período e o detalhe da menina ser "feiticeira" eram evidências muito fortes. Ali teve certeza de que a filha sobreviveu ao sequestro e estava em algum lugar daquele imenso continente. A esperança se renovou no coração materno.

No dia seguinte, Dóris saiu cedo e levou Titi para visitar algumas aldeias. Usou o mesmo disfarce de assistente humanitária.

Titi era preta, baixinha e gorda. Vestia-se de forma muito alegre com vestidos coloridos e colares baratos bem chamativos. Ela conhecia muitas pessoas e tinha fácil acesso aos moradores dos vilarejos. A investigação ganhou uma aliada forte.

As duas ouviram rumores que a menina havia sido levada para a aldeia dos Nidis. Não foi possível obter mais informações no povoado. Dóris já havia estado por lá. Insistir nas perguntas poderia ser perigoso. O chefe da tribo era mal-encarado e tinha um assistente que botava medo. Mas a cada vila, aldeia ou pequena cidade que passavam, sempre havia alguém que conhecia os boatos da pequena feiticeira branca que precisou fugir.

Titi tinha uma prima que morava bem longe e que parecia conhecer detalhes do assunto. Ao saber disso, Dóris pediu que Titi a levasse até a mulher. No dia seguinte, acordaram cedo, entraram num carro contratado e viajaram até a casa da tal prima que sabia da história. Talvez pudesse abrir a boca.

Era um veículo confortável e o motorista era distinto, bem-humorado e falante. Titi e o homem conversaram o tempo todo num dialeto que era incompreensível para Dóris.

Viajaram por muitas horas sem parar até que chegaram numa pequena cidade à beira-mar. O lugar era muito charmoso, de ruas de areia, casas térreas e árvores centenárias. O motorista parou numa enorme construção de sapé em frente a uma praia maravilhosa de areias brancas e mar turquesa. Uma centena de coqueiros e palmeiras enfeitavam o lugar que parecia tirado de um sonho.

— Eu conheço esse lugar! — Dóris estava confusa — Que coisa estranha. Tenho a sensação de que já estive aqui.

— Essa praia é maravilhosa! Meus antigos patrões vinham para cá e ficavam numa belíssima casa.

— Sim, é linda! Mas eu tenho certeza de que já vi esse lugar.

O motorista observava as duas à distância e aguardava a decisão para seguir viagem. Dóris perguntou para Titi se havia algum lugar para que pudessem passar o final de tarde e dormir antes de seguir viagem para a casa da prima. Titi apontou, no final da praia, uma pequena construção muito bem-feita de telhado de sapé e muros baixos de pedra. Era uma hospedaria simples para pescadores que vinham de longe.

Dóris pediu que o motorista levasse o carro e as malas para lá. Tirou o sapato e saiu andando pela praia. Titi riu e, após traduzir a ordem ao motorista, seguiu a amiga. Dóris foi até a beira do mar. Quando a água tocou em seus pés, ela se recordou:

— Titi! Eu tive um sonho com esse lugar! Foi na tarde em que Mariana nasceu. Mariana corria por entre esses coqueiros e brincava com um menino lindo! Sabia que já tinha visto isso aqui!

Titi não compreendeu e sugeriu que seguissem até a pousada para comer e descansar. A pequena hospedaria era de um casal de Cabo Verde. Haviam saído de seu país de origem para viver naquele paraíso. Além de proprietários da hospedaria, Tigu e Leninha eram voluntários na casa de refugiados que havia na pequena cidade. O lugar recebia pessoas feridas e abandonadas. Tigu fazia serviços de carpintaria e ensinava esse ofício. Leninha era professora de história e inglês.

Eles receberam Dóris e Titi com afeto e com surpresa também. Não era comum as pessoas chegarem naquele paraíso desconhecido e longínquo falando o mesmo idioma deles.

Foi um final de tarde de muita conversa e histórias. Dóris explicou o verdadeiro motivo de estar por ali e recebeu informações relevantes.

Lá pelas oito da noite, ouviram um barulho de carro chegando. Tigu era ativo, saiu rapidamente para ver quem era. Em seguida, Dorís, Leninha e Titi ouviram vozes e risadas. Leninha disse:

— Deve ser o Brandon, o irlandês que administra várias casas de recuperação.

As três continuaram a conversar enquanto Tigu e Brandon ficaram na beira da praia bebendo cerveja e dando risadas altas. Dóris se despediu e foi se deitar. Titi era humilde e pediu à Leninha que arrumasse um lugar para ela dormir que não fosse junto com a brasileira. Logo as três se retiraram.

Na manhã seguinte, todos acordaram antes do nascer do sol. Se reuniram em volta da mesa da varanda para tomar o café da manhã. Tigu chegou perto de Dóris e comentou que havia falado com Brandon sobre o caso de Mariana. Disse que o irlandês era um bom homem, que sempre recolhia crianças perdidas e feridas por aquelas estradas. Ele as levava para uma das várias casas de recuperação que ajudava a manter.

Tigu perguntou se tinha alguma informação sobre a menina. Brandon disse que a última garota que tinha recolhido era preta, careca e usava um pano para cobrir o rosto. Estava sozinha na beira da estrada bem distante dali. Não batia com a descrição de Mariana.

Então, Dóris se despediu e partiu com Titi para a casa da tal prima que ainda estava muito longe. Antes de sair, a mãe de Mariana foi até a praia para olhar mais uma vez o lugar que lhe era tão familiar. Ao pisar na areia, sentiu no peito a presença da filha. Naquele momento, muito emocionada, teve que se conter para não chorar. Dóris associou a emoção ao antigo sonho. Jamais imaginaria que Mariana estava a menos de quinhentos metros de distância dali, na casa de recuperação onde Tigu e Leninha eram voluntários.

O destino caprichoso e a jornada de cada ser humano se mostravam implacáveis naquele momento. Tão perto e tão distantes! Quase era possível sentir o cheiro uma da outra. Mesmo assim, parecia que estavam em dimensões diferentes.

Titi era intuitiva como a maioria das mulheres fortes daquela região. Sabia que sua prima tinha algo a dizer e que seria diferente de tudo que ouviram até então. O motorista buzinou e Dóris se apressou para seguirem viagem.

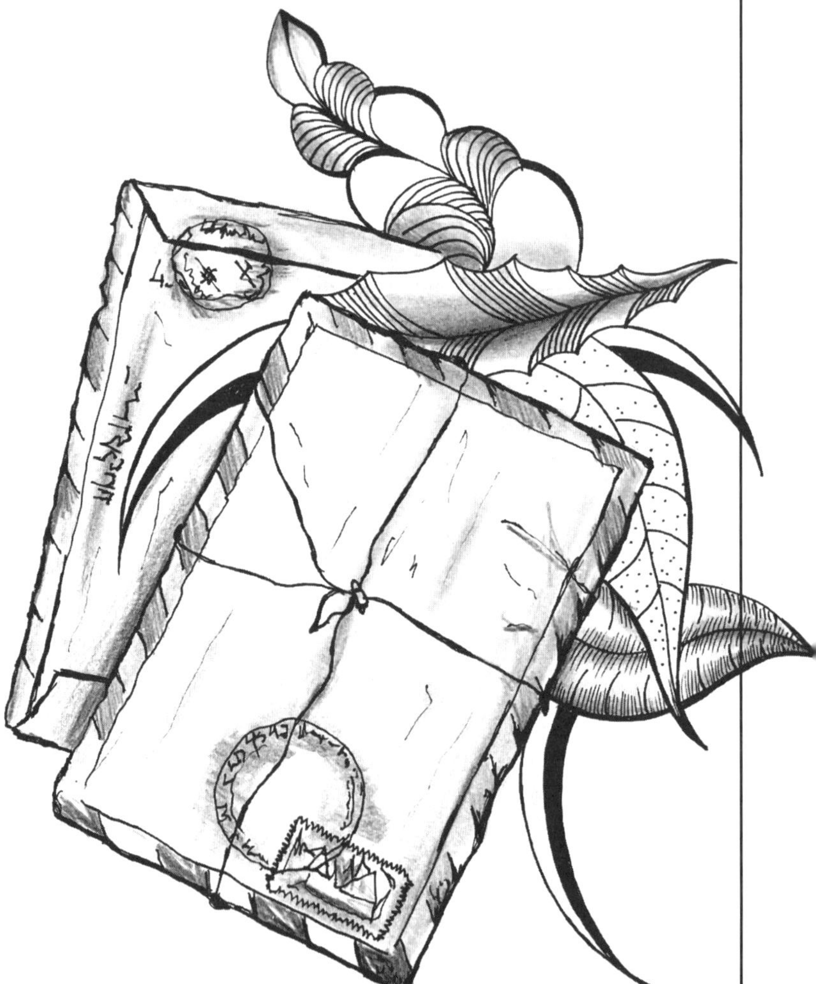

Capítulo 10

TÃO PERTO E TÃO DISTANTE

Mariana passou a primeira noite na casa de recuperação. Ao acordar pela manhã, Vilma a conduziu até a pequena sala onde todos que chegavam faziam uma espécie de cadastro. Nesse procedimento, coletava-se informações como nome, a origem e o motivo do abandono. Depois eram feitos exames médicos.

Mariana lembrou-se muito bem das instruções de Leesad e não deu nenhuma informação correta ou que fizesse sentido naquele primeiro momento. Falou em português que seu nome era Sílvia e que não se recordava do que havia acontecido. Não sabia como havia chegado naquela estrada e não se lembrava do passado.

Vilma era muito tarimbada. Logo percebeu que a novata não queria revelar a verdade e não insistiu. Entendeu aquilo como um mecanismo natural de defesa. Mariana notou que Vilma não iria insistir.

Depois de passar pelos exames, a menina foi conduzida para um lugar onde algumas crianças com idades próximas a receberiam. Elas ficariam juntas para fazer tarefas e atividades cotidianas.

Quando chegou ao pátio acompanhada por Vilma, Mariana foi afetuosamente recebida por uma menina branca, bem magra, de cabelos pretos, nariz adunco e olhos grandes. Ela chamava-se Margô e era de um país africano de língua portuguesa. Assim, as duas logo se aproximaram, o que foi muito confortante para Mariana.

No outro canto do pátio, meninos brincavam e corriam. Naquele grupo, havia um muito especial que chamou a atenção de Mariana. Era um garoto bem moreno, de pele reluzente, cabelo liso, olhos vibrantes e muito esperto. Olhava de longe para Mariana e às vezes sorria com muita graça e doçura para ela. Ele parecia um príncipe, mesmo sem camisa e descalço. Usava um colar de conchas brancas e uma fita amarrada no cabelo.

Seu nome era Abedi. Era um refugiado de guerra e não tinha nenhuma informação sobre seus pais ou parentes próximos. Havia sido abandonado ainda bebê por um homem misterioso e muito rico.

Mariana, apesar da pouca idade, estava muito além de seu tempo. Não só pelo dom que carregava, mas também pelo recente histórico de vida. Havia passado por momentos muito difíceis e nos últimos três anos recebeu um treinamento muito rigoroso de Leesad e Niguri.

Mariana falava pouco, raramente sorria e desconfiava de tudo e de todos. Vivia de olhos e ouvidos atentos para qualquer informação importante. Precisava descobrir onde estava, quem eram as pessoas ao redor e quais eram as possibilidades de reencontrar sua família sem revelar sua verdadeira identidade. Não podia confiar em ninguém. Se relacionava com as outras crianças, com os professores e enfermeiras sem se arriscar.

Logo Mariana se ofereceu para ajudar na enfermaria. Com as habilidades que adquiriu no treinamento na floresta, conhecia as propriedades das ervas, frutas, sementes e cascas de árvores. Ela saía das aulas no final da manhã e tinha um período de recreação no pátio ou na praia. Depois do almoço, ficava a tarde toda na enfermaria cuidando dos necessitados.

Na praia, as crianças se aproximavam mais do que na casa. Abedi, que já olhava com curiosidade para Mariana, acabou se aproximando dela. Ele era um menino muito especial. Além de uma beleza física fora do comum, era inteligente, educado e rapidamente aprendeu a se comunicar com Mariana misturando diferentes línguas. A amizade deles floresceu.

A cada três ou quatro meses, uma comissão de assistentes sociais vinha à casa de recuperação. Faziam a seleção e triagem das pessoas que estavam recuperadas e das crianças que seriam direcionadas para outros centros ou para adoção. Os adultos que não podiam voltar para suas cidades eram encaminhados para locais onde pudessem trabalhar e reconstruir suas vidas.

Mariana e Abedi se destacavam em meio às outras crianças. Corriam felizes pela praia, brincavam e lideravam várias atividades. Cada vez mais próximos, passavam todo o tempo livre juntos. No início, Margô ficou enciumada por ter que dividir sua nova amiga com o menino-príncipe, mas depois se juntou aos dois e formaram um trio divertido e dinâmico.

O antigo sonho de Dóris estava se materializando. Abedi era o menino que ela tinha visto no sonho pouco antes de Mariana nascer. Aquela era a praia de areias brancas e coqueiros que ela viu os dois correndo e brincando.

E o mais incrível é que ela havia estado ali em sonho e pessoalmente também poucos dias atrás. Os acontecimentos do passado, do presente e do futuro caminhavam simultaneamente e não se comunicavam de forma clara.

A filha estava viva, forte, saudável e tinha estado a menos de quinhentos metros da mãe. Aquilo era a prova de que existem infinitas possibilidades na trama do destino. Cada um tem sua trajetória independente da associação familiar. A distância física não representa nada quando estamos conectados com o amor. Tudo se torna possível se o coração dá lastro para as relações interpessoais.

Dóris e Mariana, bem como Nassir e Abedi, estavam com conexões vivas entre si. Bem como Niguri, Mariana e Leesad viviam de alguma maneira uma das formas do amor. Zahra era o elo da corrente amorosa. Com a força do amor, as trajetórias individuais poderiam ser cumpridas com excelência, e cada personagem teria sua importância na história coletiva.

Uns dizem ser o plano de Deus. Outros garantem que é obra do destino. E há quem diga que nada disso faz sentido e tudo é obra do acaso. Mas todas as peças e as diferentes formas de compreensão acabam encontrando a verdade que vem dos fatos e não das versões.

O trio Mariana, Margô e Abedi parecia inseparável. A forte amizade deles chamou a atenção de Vilma. A coordenadora da casa tinha experiência com adolescentes e não queria problemas. Logo providenciou para que Abedi e Mariana não estivessem tão próximos. Ela ocupou o menino com novas tarefas para que não passasse tanto tempo com a amiga. Eles só poderiam brincar e desfrutar da companhia um do outro nos momentos de lazer na praia, mas vigiados por responsáveis.

Às vezes, Brandon aparecia trazendo famílias em péssimas condições, crianças desnutridas, pessoas acidentadas em minas terrestres, homens baleados e nativos em fuga para não serem escravizados por tribos rivais. O irlandês era um homem gentil e muito forte. Mariana sempre que o via lembrava-se do porco da tia Lubita e segurava o riso.

Certa vez, ele almoçou junto com os voluntários. A menina estava fazendo serviços na cozinha e serviu à mesa. Brandon sorriu e perguntou seu nome. Mariana estava bem diferente do dia em que ele a resgatou na estrada. Obviamente não a reconheceu, mas ficou admirado com a pele branca, o cabelo muito loiro e aqueles olhos azuis.

Brandon perguntou à Vilma quem era aquela menina totalmente diferente das outras. A resposta foi surpreendente. Vilma disse que ele mesmo tinha trazido a jovem há alguns meses. O irlandês quis saber mais e Vilma disse que ela havia perdido a memória provavelmente por causa de traumas. Brandon insistiu que aquela menina não era daquela região e perguntou qual o idioma que ela falava naturalmente. A coordenadora contou que além de ter aprendido os dialetos e o inglês, era fluente em português. Provavelmente era de algum país de língua portuguesa do continente africano.

A conversa morreu ali e, depois do almoço, cada um voltou aos afazeres habituais.

Naquele dia especificamente, Brandon mudou a rotina e não foi tomar cerveja com seu amigo Tigu, na charmosa hospedaria da praia. Retornou para a cidade onde morava.

Quando estava na estrada, lembrou-se da história da filha desaparecida da hóspede brasileira. Era tarde da noite e já estava bem longe. Resolveu que, assim que voltasse, falaria com o amigo a respeito da menina loira de olhos azuis que estava na casa de recuperação.

Tigu e Leninha eram voluntários da casa de recuperação e tinham contato com os internos. Ele ensinava carpintaria para os meninos e homens adultos. Leninha dava aulas para crianças pequenas. Estavam afastados por um tempo, por isso ainda não tinham visto a filha de Dóris.

Mariana se integrou perfeitamente à rotina. Quando podia, ela sumia por algumas horas com Abedi pela praia. Corriam toda a região de praias e morros se divertindo. Algumas vezes, Margô ia junto, mas normalmente não tinha ânimo para acompanhar os amigos, que eram mais ativos e fortes.

Abedi era mandão. Queria decidir quais caminhos, trilhas e praias explorar. Mariana o deixava liderar, mas era muito superior em inteligência e esperteza. Além disso, tinha um dom muito especial e foi muito bem treinada.

Em uma dessas aventuras, no intervalo das tarefas diárias da casa, eles foram para uma pequena praia deserta da vizinhança. O caminho era pela encosta e por trilhas na mata costeira. Muito impetuoso, Abedi fazia tudo com pressa, enquanto Mariana era cautelosa e precisa em seus movimentos, lembrando-se do que Preta Lua a ensinou sobre a movimentação por lugares perigosos.

Nesse dia, Abedi correu pela encosta e sumiu da vista da amiga. Ao tentar pular de uma pedra para outra, escorregou e caiu do pequeno penhasco direto no mar. Quando Mariana chegou, Abedi estava na água.

— O que aconteceu? Você caiu?!

— Escorreguei... Não consigo subir de volta!

O mar naquele dia estava bravo. As ondas batiam com violência nas pedras. Abedi não conseguia se aproximar da costa para subir. A situação era grave. O menino não poderia voltar à nado até a praia pois estava distante.

Mariana sentou-se na pedra com as pernas cruzadas como índio, com a coluna bem ereta, e começou a murmurar seus cânticos. Em volta do seu corpo, formou-se um arco de luz lilás. Ela entoou seu cântico por 30 segundos e o mar imediatamente se acalmou naquele trecho. Abedi assistia à cena de dentro d'água, enquanto nadava tentando se aproximar das pedras.

Assim que as ondas desapareceram, Abedi conseguiu chegar perto das pedras. Ele tentava subir, mas as pedras eram lisas, o que tornava impossível escalar. Mariana continuou orando. De repente, de um vão das pedras surgiu Enam! Ela estava mais linda do que nunca: amarela com tons dourados e com manchas vibrantes.

Mais calmo, Abedi estudava uma possibilidade de subir pelas pedras, mas estava exausto. Enam entrou na água, nadou com suavidade até o menino e se enrolou nas pernas dele. Com a força de seu corpo, ajudou o amigo de Mariana a se erguer e apoiar os pés nas pedras. Ao ver o garoto fora d'água, Enam o soltou. Aí ela voltou imediatamente ao mar, submergiu e desapareceu.

Com os olhos semiabertos, Mariana via tudo, mas a concentração era máxima.

Abedi, atônito, demorou bastante para escalar até o ponto onde Mariana estava. Ao se aproximar dela, recebeu um abraço cheio de amor. Ela tinha se tornado dona de seu coração e agora compartilhava seu maior e mais íntimo segredo.

— Você viu a cobra que se enrolou em mim?

— Enam!

— Enam? — Ele parecia confuso — É um tipo de cobra?

— Não, ela chama-se Enam. Nós somos amigas.

— Então foi você quem mandou ela me salvar? E o mar, foi você quem acalmou rezando?

Mariana abriu um sorriso lindo e segurou as mãos dele com delicadeza:

— Apenas fiz uma oração! O resto aconteceu porque tinha que acontecer.

Abedi ficou em silêncio. Conhecia muitos casos sobrenaturais. Nas tribos, histórias de feiticeiros, magias, poderes mágicos e misticismos eram muito comuns. Ele só estranhava o fato de que Mariana era branca e tinha familiaridade com todo o misticismo da região. Respirou fundo, abraçou a amiga com força e não falou mais nada.

Aquele episódio era uma enorme prova de amor. Mariana salvou sua vida e revelou seu segredo. Em contrapartida, ele selou um pacto de silêncio e gratidão. Abedi já tinha um enorme fascínio por aquela menina tão singular. Seu coração vivia inquieto por ela. Mas aquele episódio foi transformador. Ali ele soube que jamais deixaria Mariana e cuidaria dela de todas as formas.

Existem momentos que revelam com nitidez o destino de cada um. São instantes raros e servem aos que estão atentos e preparados. Obviamente que ninguém está livre da dúvida. Porém, momentos marcantes podem determinar caminhos ou mudanças drásticas para um indivíduo ou para um grupo. Aqueles dois eram determinados e estavam prontos para perceber os sinais que a natureza enviava.

Na volta à casa, Mariana levou Abedi para a enfermaria para se tratar. As funcionárias fizeram várias perguntas, que os dois responderam vagamente. Ao saber do acontecimento, Vilma teve a certeza de que aqueles dois estavam perigosamente próximos.

Sua ideia era aproveitar a triagem das assistentes sociais na semana seguinte para enviar Mariana para outro abrigo.

Vilma não era má, mas era seca e cuidadosa. Não tinha nenhum apreço por romances ou por relações amorosas. Quanto menos problemas tivesse, melhor. Então decidiu que Mariana iria embora e Abedi ficaria por mais um tempo.

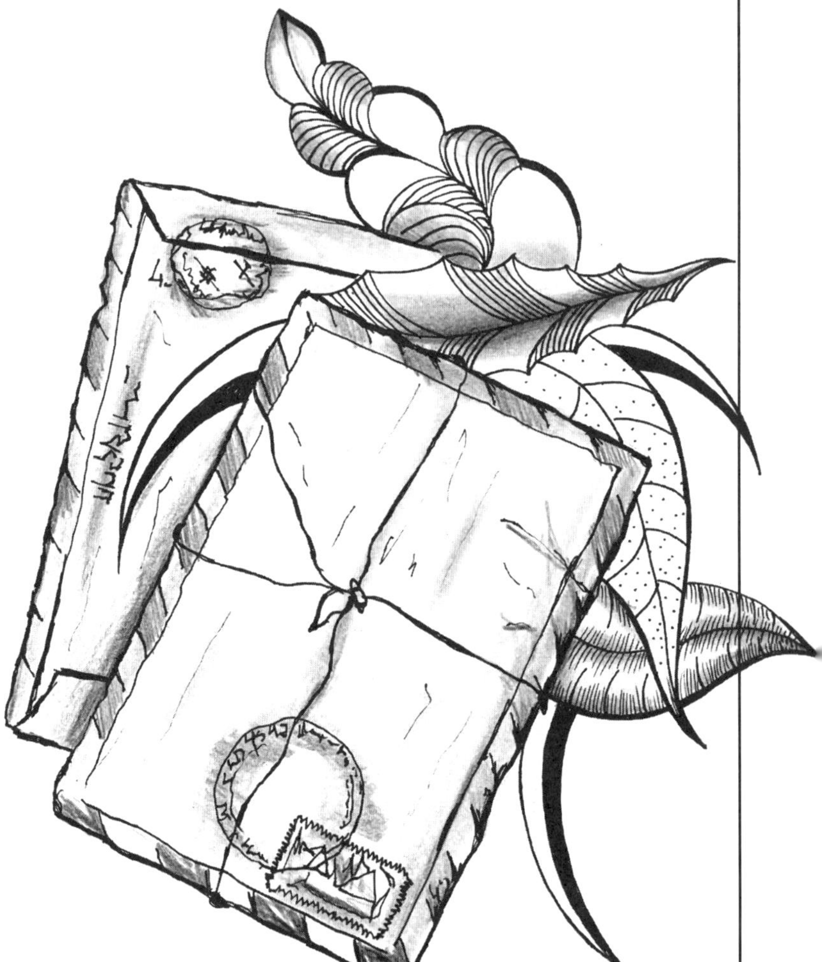

CAPÍTULO 11

A TAL DA PRIMA

A viagem de muitas horas de Dóris e Titi se transformou em uma aventura de dias. O carro teve problemas mecânicos e ficou parado por dois dias. Só depois de quatro dias, finalmente chegaram à cidade da prima de Titi.

Procuraram um lugar para se hospedar e, em seguida, foram atrás da tão aguardada conversa.

Ao chegarem à casa da prima, Dóris estava ansiosa para obter informações sobre a filha, mas ao mesmo tempo devia ser cuidadosa pois sabia o quanto o assunto era delicado. Assim, combinou com Titi que não iria direto ao assunto e que seguiria se passando por assistente social.

A prima era extrovertida e comunicativa. Fofoqueira típica! Mali era seu nome. Em pouco tempo, já havia contado várias histórias do povoado e os últimos acontecimentos. As três criaram certa intimidade e, com o passar dos dias, Dóris começou a entender melhor a situação daquele povo e da região.

Em uma noite, Dóris e Titi acharam que já tinham adquirido confiança para falar no assunto. Titi revelou à prima que Dóris era a mãe da "menina feiticeira" que havia desaparecido. Mali se calou, ficou emburrada e sumiu na mesma hora.

Foi um baque para Dóris e Titi, pois achavam que era tempo e já tinham confiança para abordar o assunto. Foi um tremendo tiro no pé.

Mali desapareceu por uns dias. Ninguém sabia informar onde ela estava e todos ficaram muito desconfiados. De repente, o clima ficou pesado. Preocupada, Dóris resolveu ir embora porque sentiu ser arriscado ficar ali.

Titi fez contato com o motorista que as tinha levado e ele avisou que chegaria na manhã seguinte para a viagem de retorno.

Logo cedo, enquanto colocavam a bagagem no carro, Mali apareceu de surpresa. Ela abraçou Dóris e, no pé do ouvido, sussurrou:

— Sua filha está viva. Ela mora na casa de recuperação do irlandês. Por favor, não conte a ninguém que fui eu. Por favor!

A expressão da mulher era de medo. Falou o que tinha para ser dito e desapareceu entre as pessoas que passavam pela rua.

Dóris ficou em choque! Quase não conseguiu se sustentar sobre as pernas. Mesmo assim, se controlou, entrou no carro e não deu uma palavra durante a viagem. Titi era inteligente e entendeu o que se passou, mas não perguntou nem comentou nada.

O motorista dirigiu o dia todo. Quando anoiteceu, parou numa vila de pescadores para passarem a noite. Titi conseguiu um quarto numa pequena casa e se acomodou com Dóris.

Antes do sol nascer, Dóris se levantou e foi caminhar na areia da praia, enquanto o homem preparava o carro.

Ela continuava atônita com a informação recebida. E confusa porque Tigu e Leninha eram voluntários na casa de recuperação e não haviam mencionado nada sobre Mariana. Certamente teriam notado a presença da menina.

Dóris parou diante do mar. Ajoelhou-se e começou a orar para que tivesse um sinal, uma luz, algo que pudesse mostrar o caminho a seguir. Pensou em voltar até a pousada da praia dos coqueiros. Neste momento, bateu uma brisa quente em seu rosto e uma folha que enroscou em seu xale. Ela pegou a folha e reconheceu: era uma das folhas de Zahra, idêntica às que vinham nas cartas!

Dóris sorriu e correu para o carro:

— Vamos voltar para a pousada do Tigu na praia maravilhosa que estávamos. Agora!

O motorista, com um sorriso, aprovou a escolha. Titi entrou no carro e esticou os braços para abraçar aquela mãe cheia de esperanças renovadas. Porém, elas sabiam que era hora de manter a calma e ter paciência. O carro era confortável, mas velho, e as estradas horríveis. O destino era caprichoso, as informações sempre dependiam de interpretações intuitivas e as emoções fortes contaminavam o discernimento.

Seguiram viagem. Depois de horas e horas na estrada, noites mal dormidas e muita esperança no coração, chegaram à pequena vila onde se encontrava a casa de recuperação para refugiados e a pousada de Tigu e Leninha. No início da década de 1980, Mariana já tinha quase catorze anos e estava há alguns anos longe da mãe. Sua aventura parecia um pesadelo interminável.

Desde que a filha nasceu, a vida de Dóris havia sido um filme que misturava romance, ficção, aventura, drama e terror. Ela era forte, determinada e tinha sempre sinais que renovavam a esperança para seguir em frente.

Naquele instante, sua cabeça não se desviava da intenção de correr até a pousada e relatar as descobertas para Tigu e Leninha. Eles a haviam recebido com muito carinho, então já os considerava como amigos.

Quando chegou, Dóris desceu do carro e caminhou apressada até a beira da praia. Ao entrar na pousada, ficou surpresa porque Tigu e Leninha não estavam. Eles viajaram e retornariam na manhã seguinte. Os funcionários, sempre muito simples e alegres, a receberam e acomodaram no mesmo quarto da última vez.

Dóris se apressou em tomar banho e descansar. Sua intuição dizia que não deveria ir até a casa de recuperação procurar por Mariana antes de conversar com Tigu ou Brandon. A situação era delicada. A menina não tinha documentos e as pessoas eram desconfiadas. Era preciso ter muito cuidado.

No final da tarde, Dóris chamou Titi para um passeio na praia. Durante a caminhada, Dóris contou detalhadamente o sonho para a amiga, que atentamente a ouvia e derramava lágrimas de emoção. Titi era muito sensível e amorosa. Estava totalmente envolvida com aquela história. Ela tinha certeza de que poderia ajudar a mãe desamparada.

As duas se afeiçoaram de tal forma que Dóris já tinha dito que, assim que encontrassem Mariana, iriam as três embora para o Brasil. Titi viveria com elas para sempre. As duas riram daquilo e faziam planos juntas como se fossem amigas de infância. A vida proporcionava uma série de experiências intensas e muitas vivências de afeto verdadeiro para todos os envolvidos na história da "pequena feiticeira".

A menina de pele branca, cabelos dourados e olhos azuis era realmente um ser humano capaz de agregar pessoas muito poderosas, acontecimentos raros e uma conexão de amor que superava distâncias, costumes, idiomas e subjugava o próprio tempo.

Mariana era realmente especial e causava mudanças externas e internas com tudo que se relacionava. Alguns raros espíritos de luz que nascem nesse mundo são capazes de transformar vidas e promover a evolução em muitos aspectos.

Dóris e Titi andaram bastante naquele final de tarde. Nada acontecia por acaso e as duas podiam sentir a presença de Mariana.

A noite foi longa. As amigas dormiram pouco e, ao acordarem pela manhã, ouviram vozes na cozinha da hospedaria. Tigu e Leninha haviam chegado de viagem e conversavam com uma outra hóspede. Pelo que puderam compreender da conversa, a visitante estava de partida.

Dóris se apressou em se arrumar e ir até o casal. Eles poderiam ajudá-la na missão de resgatar Mariana. Ao se encontrarem na cozinha, Leninha abraçou Dóris com muito carinho. Sorrindo, Tigu exclamou:

— Dóris, que bom que voltou! Como foi sua busca?

Emocionada pelo que estava guardando no peito, Dóris chorou abraçada a Leninha, que a apertou e a acolheu. Tigu correu ao fogão a lenha para preparar um chá e alguns pães. Ele disfarçava a emoção.

Titi entrou na cozinha enfeitada com colares e com um vestido multicolorido. Trazia um arranjo de flores e folhas. Colocou o arranjo numa garrafa de vidro e acendeu uma vela no pequeno altar ao lado do fogão. Em seguida, começou a cantar em oração e todos ficaram em paz. Era um momento doce e singelo.

Os quatro sentaram-se à mesa e, recompostos das fortes emoções, iniciaram uma boa conversa. Tigu comentou da breve viagem com Leninha, das compras que fizeram e sobre a hóspede que havia partido há pouco. Dóris ouvia atentamente, aguardando o momento certo de contar as novidades.

Nesse meio tempo, um dos funcionários entrou na cozinha:

— Tiguzinho, Leninha, venham ver o que a hóspede que foi embora deixou na cama do quarto!

Todos se levantaram e foram curiosos ver. No quarto, havia, em cima da cama de colcha branca de renda, um sol em forma de mandala feito com folhas.

Dóris sorriu. Os outros ficaram admirados com a arte e com as folhas que não eram da região. Leninha exclamou:

— Que coisa mais linda! Que gentileza ela deixar essa lembrança.

Dóris voltou à cozinha em silêncio e com o coração disparado. Era Zahra! Ela tinha certeza! A mulher enigmática que cuidava da filha e enviava sinais de tempos em tempos esteve naquele quarto. Aquilo era significativo.

Assim que Tigu e Leninha voltaram para a cozinha, Dóris pediu a atenção deles:

— Meus amigos, a viagem que fizemos para o interior foi muito produtiva.

— Conte, Dóris! — Tigu ficou empolgado — O que descobriu?

— Soube que minha filha pode estar na casa de recuperação desse povoado. Preciso da ajuda de vocês para descobrir. Se for verdade, terei que provar que ela é minha filha. Só assim poderei levá-la embora comigo.

Leninha não conseguiu esconder a surpresa:

— Meu Deus! Mas como pode? Temos que saber disso imediatamente! Vou para lá agora!

— Calma Leninha, não é bem assim. — Tigu refletia enquanto falava — Vamos seguir os planos de Dóris. Se realmente a menina estiver lá, temos que ter cuidado.

— Não seja besta, Tigu! Acha que sou inútil? Sou professora daquela casa e tratarei do assunto de forma discreta. Não me subestime!

— Sim, foi isso que eu quis dizer... — fez uma cara engraçada — Que confio em você e que fará da melhor forma.

Todos riram, mesmo com os nervos à flor da pele. Tigu era sábio e não confrontava sua mulher, pois sabia que a derrota era certa.

Dóris se levantou e pegou as mãos de Leninha:

— Vou controlar minha ansiedade e esperar aqui. Prefiro que você vá e descubra se realmente Mariana está lá. Se for ela mesmo, venha me buscar.

Leninha virou as costas e saiu como o vento. Tigu olhou para Dóris:

— Sente-se e tome seu chá. Garanto que em menos de uma hora ela estará de volta com as informações.

Titi esperou Tigu sair da cozinha. Ao ficar sozinha com Dóris, sentou-se ao lado da amiga:

— A mulher das folhas esteve naquele quarto?

— Sim, minha amiga! Só pode ser ela.

Titi ficou pálida. Sem dar uma palavra, voltou ao pequeno altar de múltiplos santos e divindades da cozinha e retomou as orações. Dóris entendeu os sinais positivos. Depois de muito tempo, sentiu-se confortável e serena.

Agora era esperar Leninha e as boas notícias. Com sorte, poderia em breve abraçar sua menina.

O sol já estava alto e o barulho das ondas somado com os cânticos de Titi eram música para Dóris. “Onde estaria Leninha? Será que havia encontrado sua filha?”. Seu coração era um mundo cheio de cores e ventos fortes.

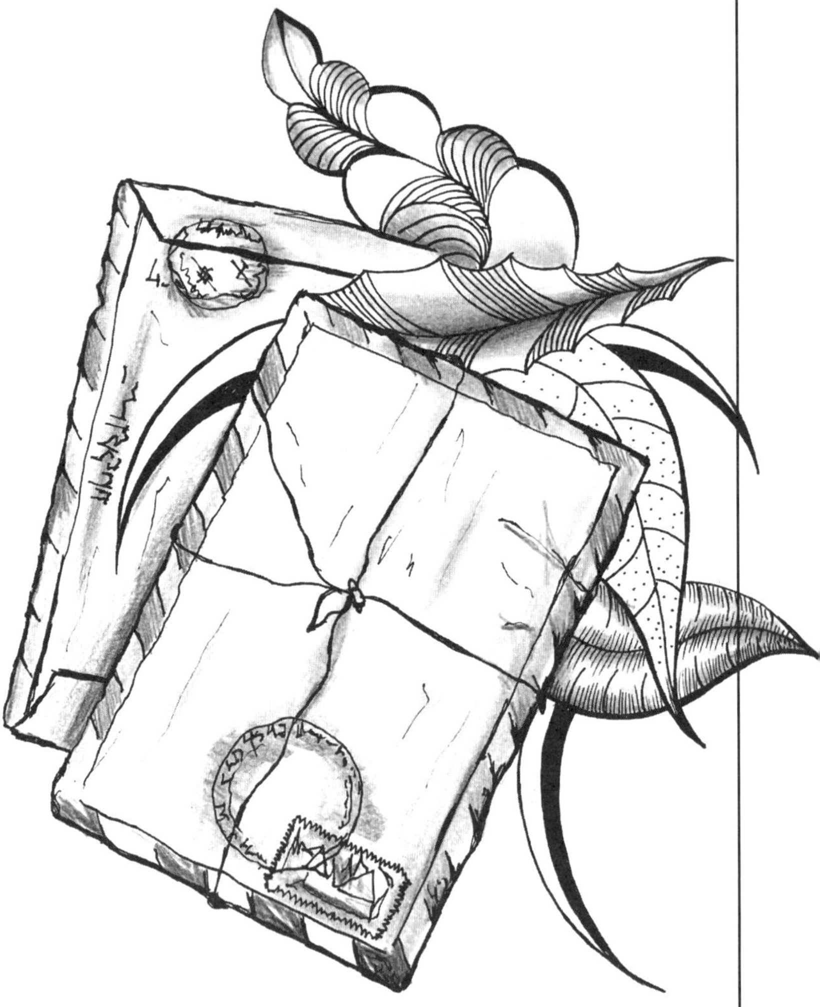

CAPÍTULO 12

POR AMOR

Na casa de recuperação houve a triagem. Sob influência de Vilma, as assistentes sociais selecionaram Mariana para ir para a Irlanda. Brandon também tinha um centro de acolhimento e desenvolvimento humano para órfãos e refugiados e de guerra na Europa. Por causa de sua cor de pele, seus cabelos loiros e seus olhos azuis, a menina se enquadrava no tipo físico europeu. Essa foi a justificativa que a coordenadora usou para a transferência. Além disso, era muito inteligente e independente. Assim, facilmente se desenvolveria em meio à vida mais sofisticada.

Numa tarde após as crianças voltarem da praia, Vilma chamou Mariana e explicou que já estava tudo arranjado para que ela fosse embora. Uma família próspera e confiável a receberia. Ela estudaria numa instituição avançada e viveria em meio às pessoas ricas da Irlanda. A menina ouviu atentamente os novos planos e as explicações. Ela não abriu a boca. Em absoluto silêncio, concordou com a cabeça com o que foi dito.

Seu coração estava dividido. Ela amava Abedi, que era seu companheiro leal. Ao mesmo tempo, num país rico teria a oportunidade de contar a verdade sobre sua história e talvez reencontrar os pais.

No dia seguinte, Mariana chamou Abedi e entregou-lhe um bilhete revelando os planos de Vilma. Ao ler a mensagem, ele ficou esmagado por dentro. Com sentimentos nobres, pensou que teria que tolerar aquilo para o bem da princesa, dona de seus pensamentos. Mas havia nele também um forte espírito de liderança e muita inteligência.

Num ato de coragem, Abedi montou um plano de fuga e, na hora da recreação, explicou para Mariana. Eles sairiam no meio da madrugada, fugiriam para longe e viveriam em outro lugar. Ele conhecia os caminhos, era muito esperto e tinha certeza de que poderia encontrar pessoas boas para acolhê-los. Abedi sabia que, se Mariana embarcasse para a Europa, teria poucas chances de vê-la novamente. Seu plano de ação era urgente. Só dependia de a menina aceitar ou não.

Abedi beirava os dezessete anos. Era lindo como um príncipe, forte como um guerreiro africano e tinha olhos de leão. Era encantador nos modos e na forma de tratar as pessoas. Sua coragem e alegria saltavam aos olhos.

Mariana ouviu atentamente a proposta de fuga daquele que era o dono de seu coração. Passou a tarde inteira dividida entre a segurança de um lar rico e a possiblidade de voltar para casa e uma nova aventura cheia de amor, emoções e riscos. Estava tarimbada na arte da sobrevivência e o medo era algo que havia aprendido a controlar. Tinha uma bússola instalada na cabeça que dizia para onde ir, o que fazer e como reagir.

Abedi havia feito o plano de fuga da casa, mas o que fariam depois não estava claro. Percebendo a falha, Mariana se antecipou e elaborou o restante do planejamento. Afinal, a tendência de aceitar a proposta do amigo era maior do que a vontade de ir para a Europa.

Eles não tinham muito tempo. Brandon já havia feito os arranjos a pedido de Vilma e Mariana embarcaria em três dias.

— Vou com você! — Ela comunicou a decisão rapidamente — Hoje de madrugada saímos.

Abedi ficou gelado e, ao mesmo tempo, o coração quase explodiu de alegria. Mudo, consentiu com a cabeça. O resto já estava combinado. Mariana era esperta e tinha definido detalhes, horários, formas de sair e para onde iriam. Quando Vilma sentisse a falta deles, já estariam longe. Teriam grande vantagem. Os dois eram fortes e rápidos. Estavam acostumados a percorrer trilhas, praias e lugares distantes, quase sempre correndo para não se atrasarem.

Margô estava desconfiada de que planejavam algo e ficou triste por não ser informada. Eles tinham medo de que ela não conseguisse guardar segredo e, por isso, resolveram não contar.

Na madrugada de lua cheia, seguindo o plano, saíram da casa e sumiram. Os relógios marcavam 1:30 da manhã. Isso daria a eles mais ou menos cinco horas de vantagem até que alguém percebesse. Fortes e vigorosos, correram até o nascer do sol. Ao amanhecer, estavam tão longe que nem mesmo um batalhão de mateiros conseguiria achá-los na extensa região de praias e matas.

A filha de Dóris seguia instintivamente na direção contrária a que Brandon fez quando a resgatou. Com o dia claro, Mariana pediu que Abedi cortasse seu cabelo o mais curto que pudesse. Ela havia roubado uma tesoura na cozinha. Em seguida, tirou da bolsa uma mistura de barro com pigmentos naturais e ficou exatamente como Leesad a ensinou: preta, careca e com um pano que cobria os olhos.

Abedi não fez perguntas. Tinha um comportamento nobre e altivo. Ele percebia tudo nas entrelinhas e no máximo fazia piadas engraçadas sobre a pretinha de olhos azuis ao seu lado.

O menino respeitava e admirava Mariana. Depois do salvamento na praia, ela revelou para ele suas experiências na floresta com Preta Lua e Leesad.

A primeira noite completa que passaram juntos foi de muita chuva e em um lugar já muito distante da vila. Não era fácil deixar aquele paraíso rumo ao desconhecido. No dia seguinte, depois de comerem, correram por quatro horas sem parar um minuto por trilhas que acompanhavam a estrada que Brandon resgatou Mariana. Como o movimento durante o dia era grande, Mariana sugeriu que entrassem na floresta para caminhar durante o dia e só andariam por estradas durante a noite.

Essa decisão era necessária, mas fez com que se perdessem na floresta. Foram três dias completamente perdidos em meio à mata fechada. Para piorar, a chuva era intensa. Mariana sabia como sobreviver na floresta comendo folhas, raízes e frutas, despistando animais perigosos e fugindo de mateiros.

Ela achou que poderia encontrar as trilhas que Niguri usava. Não encontrou. Finalmente, chegaram em um rio lindo de águas transparentes. Em sua margem, tinha uma formação de pedras que lembrava uma pequena caverna. Eles poderiam descansar e se alimentar por alguns dias.

Depois de três dias parados, já estavam totalmente à vontade no novo ambiente. Haviam feito fogo, cama e tinham alimentos em abundância. Mas Mariana sabia dos riscos de encontrarem pessoas perigosas. Eles não estavam totalmente seguros.

Na terceira noite na caverna, Abedi teve um sonho. Assim que acordou, chamou Mariana e disse que teriam que sair dali imediatamente. Ela se levantou, arrumou tudo rapidamente. Correram por horas novamente em meio à floresta. Com o céu estrelado, Abedi conseguiu, olhando através das copas das árvores, se guiar pelas estrelas.

Ao amanhecer estavam em campo aberto. Na linda lagoa com margens de grama que encontraram, alguns animais selvagens desfrutavam da água e do pasto fresco. Mariana sentou-se embaixo de uma enorme árvore frondosa e adormeceu exausta.

Quando acordou, Abedi havia feito uma pequena cabana de folhas para dormirem.

À noite, Abedi estava em sono pesado e Mariana acordada. Com o frio, ficaram deitados em folhas e abraçaram-se para aquecerem seus corpos mutuamente. Mariana escutou uma voz doce murmurando no lado de fora da cabana. Com medo, olhou pelo vão das folhas e viu duas mulheres altas, com vestidos de pano a chamando. Com o corpo arrepiado de medo, Mariana saiu e reconheceu as duas. Eram mulheres da tribo que a recebeu com Niguri e Leesad. Mariana sorriu e as duas a abraçaram com amor.

A mais velha sussurrou:

— O que você faz aqui, pequena bruxa?

— Estou perdida. Fugi com meu amigo.

— Onde você o encontrou?

— Morávamos na mesma casa.

As mulheres abriram sorrisos que iluminaram a noite. A mais velha seguiu falando:

— Acorde o príncipe. Vamos sair agora. Aqui não é seguro.

Mariana arrumou as coisas e acordou Abedi que, sem fazer perguntas, seguiu as três. Eles andaram em silêncio por toda a noite. Ao amanhecer, os quatro avançaram por uma mata densa e, no pé de um morro, acharam uma pequena caverna. Enquanto a mais nova das mulheres entrava em processo meditativo, a mais velha instruiu mentalmente Mariana que ficasse em silêncio. Saiu da caverna e depois de algum tempo voltou com frutas e algumas ervas.

Passaram o dia todo na caverna. Ao anoitecer, as mulheres prepararam um chá frio com folhas e ervas amassadas. Pediram que Abedi e Mariana bebessem. O gosto era horrível, mas a menina confiava nas integrantes da tribo que Leesad era a mentora. Os jovens ficarão tontos, tiveram náuseas e, por fim, perderam os sentidos.

Acordaram no dia seguinte em camas confortáveis na tribo das mulheres.

Abedi ficou assustado pela primeira vez naquela aventura. A aldeia era um lugar secreto, onde jamais um homem tinha entrado. Só quem podia acessar eram as mulheres que ali viviam. O chá fez com que eles apagassem e, assim, fossem levados ao local sem saber da localização exata.

Ao despertar, Mariana foi até a grande cozinha. A menina foi recebida com muito amor pelas aldeãs, que fizeram festa por sua presença. Ela logo perguntou sobre Leesad e Preta Lua. As mulheres disseram que não viam as duas desde quando estiveram juntas por lá.

Abedi chegou logo depois. Entrou na cozinha completamente desnorteado. Não sabia onde estava, como chegou até ali e quem eram aquelas mulheres tão lindas e diferentes. Quando notaram a presença dele, todas ficaram em absoluto silêncio e com as mãos postas em reverência. Mariana ficou perplexa com tal atitude. Afinal, eram mulheres fortes e que não permitiam a presença masculina. As aldeãs serviram comida ao menino dos olhos de leão e evitaram olhar diretamente para ele.

A mulher mais velha da aldeia entrou, olhou para aquela cena, sorriu e chamou Mariana para ir com ela. Com um gesto, orientou que Abedi se sentasse e comesse quieto. O menino era muito educado e simplesmente obedeceu.

Mariana foi conduzida até uma pequena construção onde viviam as anciãs. Lá foi perguntada sobre sua história recente. Mariana contou tudo a respeito da casa de refugiados, de seu amor por Abedi e da decisão de fugirem juntos sem destino certo.

As mulheres ouviram tudo em silêncio e com calma. Quando Mariana terminou, aquela que a levou da cozinha começou a falar. Ela explicou que Abedi era filho de um rei muito piedoso e próspero de um pequeno país africano. O menino era o único herdeiro do trono. Por isso, foi sequestrado pelo tio quando o rei estava gravemente doente. Sem o garoto por perto, o irmão do rei assumiria o trono em caso de sucessão.

Porém, o rei se recuperou. Inclusive, fez um juramento de encontrar o filho a qualquer preço. Mariana estava em fuga com um príncipe legítimo! Não eram somente as aparências e as atitudes dele. Seu nome não era Abedi e sim Jaghar Segundo, o filho do rei Jaghar.

As mulheres da tribo estavam muito apreensivas e temerosas. O rei Jaghar era bom e piedoso, mas poderia entender mal o fato de o filho estar sob os cuidados delas. Sua reação poderia não ser das melhores.

Depois de revelar a verdade a Mariana, as anciãs se reuniriam para decidir o que fazer. Eram mulheres com poderes místicos desenvolvidos durante séculos na floresta. Dedicavam-se a processos meditativos e conexões espirituais.

Quando anoiteceu, a tribo inteira se reuniu na cozinha. Foi aí que as mais velhas revelaram para Abedi que ele era Jaghar Segundo e o que isso representava.

O menino ficou perplexo. Era difícil acreditar naquela história. Mas, quando ligava os acontecimentos que recordava da infância, tudo fazia sentido. Além disso, aquelas mulheres eram muito poderosas e sabiam exatamente o que diziam. O fato de Mariana estar no meio delas com tanta desenvoltura era outro ponto confortante para ele.

Jaghar Segundo levantou-se e pediu a palavra. Imediatamente, o silêncio tomou conta do recinto. Todas as criaturas ficaram mudas. Parecia que entraram numa outra dimensão.

— Obrigado — Derrubou uma lágrima — Serei eternamente grato por me revelarem a verdade.

Capítulo 13

DESENCONTRO

Leninha finalmente chegou à casa de recuperação. Encontrou-se com Vilma e os outros monitores, que a receberam com muito carinho. Ela percebeu uma tensão no ar. A movimentação de pessoas e assistentes sociais era incomum para o horário.

Depois de uma breve conversa com o pessoal, Leninha ficou a sós com Vilma.

Aproveitando a chance e sem ter o cuidado prometido ao marido, perguntou de supetão sobre Mariana. A coordenadora fez cara de espanto:

— Quem mencionou isso para você?

— Mencionou o que exatamente, Vilma?

— Sobre o desaparecimento da menina.

— Desaparecimento?! Não estou sabendo de nada. Quero apenas saber se a menina que minha hóspede procura está aqui.

— Sua hóspede? Não estou entendendo.

Leninha abriu o jogo e contou toda a história para Vilma. Descreveu com pormenores a aparência de Mariana. A coordenadora seguiu apressada em direção à porta:

— Vamos agora encontrar com sua hóspede. Quero saber mais detalhes sobre a menina. Tenho quase certeza que, sim, é a filha dela.

Saíram rapidamente em direção à hospedaria no fim da praia, onde Dóris aguardava ansiosa por notícias. Leninha e Vilma chegaram e foram direto para a cozinha. Dóris estava conversando com Titi. Vilma cumprimentou as duas:

— Bom dia — Com os olhos arregalados — Não tem como negar... a menina é a sua cara! Só pode ser sua filha. Meu bom Deus, que desgraça!

— Mariana está com você? Por favor, me diga!

Vilma pediu para que Dóris se acalmasse. Depois pediu desculpas pela forma atrapalhada que iniciou a conversa. Para esclarecer a situação, solicitou que a brasileira contasse detalhadamente a história de Mariana e colocasse datas aos acontecimentos. Só assim poderiam ter certeza de que era mesmo sua filha.

Dóris se acalmou e contou tudo, cada pormenor, inclusive a cronologia. Descreveu a filha fisicamente e mostrou fotografias da criança. Não restava dúvida na cabeça de Vilma: estava diante da mãe da menina que fugiu.

Vilma se conteve e de forma muito protocolar explicou que, sim, Mariana esteve por um bom tempo na casa de refugiados. Ela estava bem de saúde, mas não se lembrava do passado ou não queria revelá-lo. Explicou que, em casos assim, não era possível apressar as coisas. A experiência mostrava que traumas podiam ser maiores do que pareciam e tentar desvendar o passado podia trazer bloqueios. Dóris ouvia atentamente.

Vilma revelou que Mariana e Abedi haviam se aproximado bastante e feito uma amizade forte. Para evitar complicação, ela decidiu, junto com Brandon, levar a menina para a Irlanda. Uma família abastada se responsabilizaria por ela. Porém, os meninos sumiram.

Dóris começou a gritar dizendo que Vilma era uma incompetente, uma imbecil que tinha perdido sua filha. Por conta da forte emoção, a mãe de Mariana desmaiou. Antes que caísse no chão, Titi conseguiu segurar a amiga.

Num estado de tensão muito grande, as mulheres levaram Dóris para sua cama. Vilma tentou se explicar para Leninha, que pediu para que ela voltasse para a casa de recuperação. Depois conversariam melhor. A dona da hospedaria deixou claro que Vilma não tinha culpa e que Dóris estava no seu limite, mas que tudo se resolveria.

Ao retornar, Vilma se reuniu com Brandon. Precisavam agilizar as buscas pelos jovens que estavam sumidos há quatro dias.

Brandon montou uma equipe reduzida de busca. Temia que seu nome estivesse envolvido em um escândalo. Era preciso ser discreto e fazer as coisas de forma que ninguém comentasse.

As chances de encontrar os dois eram reduzidas. Mariana e Jaghar Segundo eram muito espertos e já estavam longe nessa altura dos acontecimentos.

Dóris se recuperou do ataque de nervos e saiu do quarto mais calma. Foi imediatamente até a casa de refugiados para conversar outra vez com Vilma e saber mais detalhes do tempo que a filha passou por lá.

A coordenadora a recebeu com muito cuidado e educação. Sabia de seu erro e da falta de recursos para descobrir a identidade da menina que durante tanto tempo esteve ali.

Dóris conversou com todos e não restava dúvidas que era mesmo Mariana. Brandon chegou. Ele havia feito uma fotografia da menina para a documentação de viagem. Quando Dóris viu a foto, foi difícil segurar a emoção. Mariana já parecia uma moça depois de todo aquele tempo longe.

No fim, apesar das tentativas de conter a notícia da fuga, o vilarejo ficou sabendo do ocorrido. A fofoca correu pela boca do povo. Muitos se mobilizaram de alguma forma para ajudar. O temor era que os jovens pudessem estar perdidos ou feridos.

Margô foi chamada para conversar com Dóris, Brandon e Vilma em uma sala reservada. A menina era grudada com os dois e poderia ter informações valiosas. Ela estava assustada e evitou responder algumas perguntas. Porém ficou claro que não sabia o suficiente para ajudar. Mariana deixou uma bonita carta de despedida para sua amiga e prometia voltar para buscá-la um dia. Mas na carta não havia nenhuma pista para onde teriam ido.

Dóris voltou para a hospedaria e passou o resto do dia observando o mar. Tentava fazer a conexão entre o antigo sonho e os acontecimentos presentes que incluíam Abedi como o menino que protegeria sua filha.

Era tudo muito real e as coisas se relacionavam com perfeição. A mesma praia, todos os detalhes, as cores, os sons, inclusive o menino de pele cor de âmbar, cabelo liso e olhos vibrantes. As pessoas da casa de refugiados descreveram Abedi para Dóris exatamente como ela havia visto no sonho antes de Mariana nascer.

Suas reflexões chegaram até Zahra. As mensagens através de sinais e sua presença física no passado e agora na hospedaria. Dóris foi até Leninha e quis saber mais sobre a hóspede misteriosa que deixou as folhas em forma de sol na cama.

Leninha não soube informar com exatidão de quem se tratava. Disse apenas que a mulher havia chegado três dias antes de Dóris retornar de viagem. Mas a descrição batia exatamente com a Zahra que visitou Dóris em Caranaú.

Tudo aquilo era muito louco. Dóris já abria campos mentais para absorver todas as informações que não faziam parte dos acontecimentos convencionais desse mundo. A espiritualidade aflorava em sua vida. Os processos de compreensão sobre o mundo multidimensional se faziam presentes e sua relação com o tempo e o espaço se transformava todos os dias naquela busca pela filha.

Ela tinha os negócios organizados no Brasil. Elias cuidava com muita dedicação das empresas da família. Assim, Dóris era uma mulher rica e poderia ficar por quanto tempo fosse necessário até localizar Mariana.

Com essa intenção, conversou com Tigu sobre a possibilidade de comprar uma casa na região. Ele indicou um imóvel ali mesmo na praia, mas precisaria de uma boa reforma. Dóris consultou Titi e a amiga disse que ficaria com ela e que ajudaria no que fosse preciso.

Os dias foram se passando. Enquanto as duas se organizavam para ficar em definitivo no vilarejo, o grupo criado por Brandon para procurar os garotos estava cada vez mais desanimado.

A comoção causada pelo desaparecimento dos dois chegou aos ouvidos do homem misterioso que há aproximadamente quinze anos tinha deixado Jaghar Segundo na casa de refugiados. Ele apareceu e começou a fazer perguntas. Tigu ficou sabendo e desconfiou que o tal homem poderia ter algo a ver com o sumiço dos jovens. Ele até tentou se informar com os boateiros da praia, mas não conseguiu descobrir nada. O homem já tinha ido embora.

Naqueles dias, surgiram muitas histórias fantasiosas que atrapalhavam as buscas. Aquilo trouxe um enorme desânimo para Dóris e sua esperança de encontrar a filha sumia um pouco todo dia. Titi diariamente estimulava a amiga para que não perdesse a fé. Mas a realidade era implacável e os dois haviam desaparecido sem deixar rastro.

Mariana tinha treinamento para desaparecer na floresta e os dois juntos ganharam muita distância em pouco tempo. Não era possível encontrar jovens tão preparados naquela imensidão de praias e florestas.

CAPÍTULO 14

O REINO DE JAGHAR

Após as anciãs comunicarem a verdadeira identidade de Jaghar, os meninos viveram escondidos na aldeia por três meses.

Mariana aprimorou seus conhecimentos sobre ervas e plantas medicinais. Estudou e praticou como identificar, plantar, colher e preparar medicamentos naturais extraídos da cultura milenar daquele lugar.

Às vezes, ela manifestava os dons de controle da natureza e deixava a todos maravilhados. Outras vezes, ficava com o amigo treinando arco e flecha, algo que adorava.

Abedi, agora Jaghar Segundo, passava o tempo praticando lutas e aprendendo sobre armas. As mulheres dali eram poderosas e formavam um pequeno exército muito bem-preparado para se defenderem.

Depois do terceiro mês completo, numa noite quente de céu limpo, todos estavam no terreiro em volta de uma pequena fogueira entoando cânticos e se divertindo. De repente, uma luz prateada apareceu em meio às arvores e de dentro surgiu Leesad. Mariana não se conteve, correu em direção à sua mentora e deram um afetuoso abraço. Toda a aldeia saudou a velha feiticeira que chegava, como sempre, cheia de mistérios e com o vigor de um leopardo.

Leesad se aproximou de Jaghar e colocou a mão em sua cabeça:

— Como você está, jovem príncipe?

— Eu estou bem, mas não sou um príncipe. Sou apenas Abedi.

Leesad abraçou-o e em seguida voltou até Mariana e as duas começaram a dançar com as mulheres da tribo.

Jaghar observava quieto. Estava absolutamente encantado com Mariana dançando com Leesad. A menina usava um vestido azul turquesa e Leesad seus lindos colares de pedra. As duas emanavam uma luz violeta linda enquanto se divertiam ao som das cantorias e tambores.

Na noite quente, a fogueira e a alegria daquela tribo eram um convite para a paz e o espírito. Jaghar Segundo retirou-se e adormeceu em sua maloca onde ficava sozinho.

Antes do sol nascer, Leesad acordou Mariana e Jaghar e os informou que deveriam partir. Iriam imediatamente até um ponto de encontro próximo ao país do rei Jaghar. Lá encontrariam com o sacerdote de confiança do rei, que era um velho aluno de Leesad. Ela já havia contado sobre o paradeiro do príncipe. Disse também que ele estava acompanhado de uma jovem feiticeira e que os dois deveriam permanecer juntos.

Secretamente, o sacerdote comunicou ao rei que finalmente havia encontrado seu filho e que o traria de volta em breve. A alegria do rei foi imensa. Ele ordenou que o sacerdote trouxesse o filho em segredo e em total segurança.

Protegidos por Leesad, Mariana e Jaghar Segundo saíram antes do nascer do sol. Nas primeiras horas de caminhada, os jovens não conseguiam ver nada além do vestido de Leesad. Uma névoa densa impedia a visão. Mariana e Jaghar entenderam ser uma forma da velha feiticeira manter desconhecido o caminho da tribo sagrada. Poucas pessoas sabiam da existência da tribo feminina, mas ninguém conhecia o caminho até lá, apenas as aldeãs e Leesad.

Mariana escrevia coisas do seu dia a dia e reflexões sobre os acontecimentos. Uma das anotações desses dias foi:

"É impossível saber a verdadeira idade de Leesad".

Eles andaram por semanas. A velha feiticeira abria caminhos entre florestas e rios como alguém que anda em seu próprio jardim. Passavam noites em lugares maravilhosos. Ela sempre achava uma cabana ou uma caverna aconchegante. Mariana desconfiava que a mentora criava aqueles ambientes com seus poderes místicos.

Sempre havia comida e água por onde ela caminhava. As pessoas que encontravam no caminho pareciam não os ver. Era como se estivessem sob um manto de invisibilidade. O cansaço e a distância eram os únicos obstáculos. O restante era provido por Leesad, que cuidava do jovem casal com muito amor.

Dois dias antes de se encontrar com o sacerdote, o grupo foi para o alto de uma montanha de pedras onde era possível ver, de longe, o reino de Jaghar. Era uma região com muitas montanhas de pedra, florestas densas e savanas quilométricas. Os três passaram a tarde contemplando a paisagem.

Naquela noite, Leesad, de mãos dadas com Jaghar Segundo, entrou em meditação entoando mantras. Conduziu o príncipe em uma meditação avançada. Os dois viajaram por todo o reino. Leesad mostrou ao jovem cada lugar, cada floresta, cada riacho, cada vilarejo e o povo. Ele pôde ver seus ancestrais, seus ascendentes, seu pai e sua mãe. Conheceu o palácio e a cidade em que viveria como líder.

Quando encerraram a meditação, Jaghar convidou Leesad para ser sua sacerdotisa. Ela sorriu:

— Estarei sempre por perto — Apontou para alguém que chegava — Será ela quem conduzirá vocês e cuidará de tudo por mim.

Era Niguri que se aproximava. Mariana levantou-se gritando de alegria:

— Preta Lua!!!

Niguri estava magra, seca! Com os cabelos compridos em tranças, um vestido de pano com cores discretas, joias lindas no pescoço e nos braços. Levava na mão direita uma vara de bambu enrolada em panos de seda, com um pequeno tambor na extremidade.

Descalça, com olhos brilhantes e um sorriso cheio de amor, ela abraçou sua menina e choraram juntas. Em seguida, Niguri se ajoelhou humildemente diante do príncipe. Ele repetiu o gesto e, ajoelhado, beijou as mãos da senhora.

Quando saiu de sua tribo acompanhada de Mariana, Preta Lua jurou nunca mais voltar para lá. Ficou com Leesad e foi treinada para seguir o caminho de sacerdotisa.

O cheiro de sândalo tomou conta do lugar. A fumaça da pequena fogueira ficou branca e com aroma de ervas. Os quatro celebraram o momento de amor que viviam em família. Eles entendiam que o amor era a estrutura que os sustentava e proporcionava as ferramentas de proteção mútua.

Lessad comunicou aos meninos que Niguri era agora uma sacerdotisa que a representava. Se fosse do gosto de Jaghar Segundo, ela seguiria com eles para protegê-los e instruí-los. Obviamente, o sacerdote e o rei Jaghar já estavam sabendo dessa possibilidade.

Abedi consentiu com os planos de Leesad. Quem ficou radiante foi Mariana, que sentia saudades da velha amiga. Em seguida, sentaram-se em volta da fogueira para descansar. Tinham que sair logo cedo.

Ao acordar, Mariana viu apenas Niguri sentada meditando. Jaghar ainda dormia. Leesad havia sumido como sempre. Quando o príncipe se levantou, Niguri apagou a fogueira, recolheu tudo e os três seguiram para o encontro com o sacerdote do rei. A ansiedade era grande, principalmente por parte de Jaghar, que enfim estava retornando para casa. Apesar dos riscos da viagem, Mariana estava segura ao lado de Niguri.

Depois de dias de caminhada, chegaram ao lugar marcado. Era um descampado com uma enorme árvore que fazia uma sombra redonda no chão. O homem estava sentado numa esteira de palha na sombra. Ao avistar o grupo, ele apenas acenou para as duas e ameaçou ajoelhar-se diante do príncipe. Jaghar Segundo, com a humildade de costume, o impediu. Ergueu as mãos e recebeu o velho em um breve abraço. Em seguida, olhou para as amigas:

— Vamos, chegou a hora de vocês conhecerem minha casa — O ar nobre era natural do menino — Vocês serão bem-vindas e protegidas por mim.

Os quatro caminharam e, em poucas horas, estavam à beira de uma estrada de terra. Um carro os esperava. Embarcaram e viajaram por alguns dias parando apenas para se alimentar e dormir. O sacerdote e Niguri não queriam ser vistos com os jovens. A região era cheia de olhos e bocas e qualquer vacilo poderia colocar em risco a vida de todos.

Após quatro dias, chegaram ao palácio. Não era nada suntuoso, mas as construções eram lindas, de pedra e madeira. Os jardins muito bem cuidados e tudo cercado por árvores centenárias.

Discretamente, entraram pelos fundos e o sacerdote se apressou para avisar o rei e a rainha sobre a presença do filho. Enquanto isso, os três recém-chegados beberam água, usaram banheiro e descansaram da longa jornada. Já recompostos, seguiram para o salão principal.

Quando o rei Jaghar viu o filho, não pôde conter as lágrimas. Mesmo assim, recebeu o príncipe de forma protocolar e muito séria. Ofereceu um ótimo lugar para Niguri ao lado do sacerdote e, após cumprimentar apenas com um aceno de mão, solicitou que Mariana fosse levada dali imediatamente. A menina precisava de cuidados como banho, alimentação e descanso. A rainha Cibiê abraçou o filho derrubando lágrimas. Beijou a testa do príncipe e saiu em direção à Niguri e Mariana.

Sem a presença das mulheres, o rei pediu que o filho se sentasse ao seu lado. Também solicitou que os poucos funcionários que estavam presentes saíssem para ele poder ficar sozinho com o herdeiro.

O menino Abedi ainda habitava o coração de Jaghar Segundo. O medo tomava conta de seu corpo. A boca estava seca, os cabelos arrepiados e os olhos arregalados, revelando a pureza de sua alma. O rei estendeu a mão para o filho e puxou o jovem rapaz para um abraço demorado e cheio de emoção.

Jaghar Segundo era a cópia do pai! O rei tinha mais de sessenta anos, mas aparentava muita força física e espiritual.

Na juventude, foi um exímio soldado de seu pai. Era um arqueiro e lutador conhecido por todos no reino e nos países vizinhos. Sua fama era de homem justo e piedoso. Contudo, ninguém o desafiou desde que herdou o trono.

Conversaram por mais de duas horas. O rei queria saber o que havia se passado na vida do menino após ser levado do palácio. Abedi contou o que pôde se recordar. Num certo momento da conversa, o rei ajoelhou-se diante do filho e pediu perdão. Disse não ter sido capaz de encontrá-lo e trazê-lo de volta. Os dois choraram abraçados e, assim, reestabeleceram um laço profundo de sangue que tinha séculos naquela família.

Os dias que se seguiram foram intensos para os jovens Jaghar e Mariana. Estavam vivendo uma vida que mais parecia um sonho. Tinham facilidades, ótima comida e tempo livre para andarem por tudo. Mariana escrevia sua história de vida todas as tardes em um diário que recebeu de presente do rei. Ela passou à limpo todos os manuscritos que trazia consigo desde o naufrágio.

O rei Jaghar era discreto, mas não conseguia esconder a afeição que sentia pela companheira do príncipe.

A rainha Cibiê não tinha outro filho além do menino que levaram dela aos dois anos de idade. Dessa forma, dedicava-se integralmente aos cuidados dos jovens recém-chegados. Seu coração recebia o filho de volta e, ao mesmo tempo, ganhava uma filha encantadora.

O cabelo de Mariana começava a crescer e encantava a rainha pela cor dourada. As duas se tornaram muito amigas. Mesmo assim, a menina evitava falar de seu passado. Não tinha mais esperanças de encontrar os pais.

Cibiê, por sua vez, não fazia perguntas pois via nos olhos do príncipe o grande amor que ele nutria por Mariana. Depois de tantos anos de tristeza, o que importava era a felicidade de ter seu filho em casa.

O tempo foi passando e a rotina da família real era intensa. O rei viajava muito e a rainha tinha seus afazeres. Jaghar ficava todas as tardes com Mariana e pelas manhãs era obrigado a estudar muitos temas que seriam necessários para seu futuro.

Os jovens cresciam e seus desejos um pelo outro aumentavam. As brincadeiras de infância deram lugar a olhares e movimentos entre homem e mulher. Desejo sexual. Numa noite de lua cheia, Jaghar foi até o quarto de Mariana e a chamou para um passeio pelas montanhas. Niguri viu e percebeu as intenções do casal de adolescentes. Porém, não interferiu, pois aquilo era natural e sustentado pelo amor.

Jaghar e Mariana foram até o alto de uma colina e, com a lua dando as bençãos, tiveram sua primeira noite de amor. Ela estava plena e tinha o calor no corpo que herdou da mãe. Ele era um jovem cheio de energia e paixão. Passaram a noite abraçados vendo o céu estrelado.

Quando voltaram pela manhã, Niguri viu nos olhos de Mariana todo seu amor. Ela chamou a jovem e conversaram muito sobre a relação de homem e mulher. Mariana contou a Preta Lua o que havia acontecido. As duas selaram um segredo. Algum tempo depois, ela percebeu que estava grávida.

A rainha acolheu Mariana ao saber da notícia, mas o rei ficou perturbado com a situação. A menina tinha apenas quinze anos e seu filho beirava os dezessete. Quinze dias mais tarde, o rei anunciou o noivado e marcou o casamento. Dessa forma, Mariana se tornaria a primeira princesa branca na história do reino de Kantak.

Jaghar ficou radiante pois desde que viu Mariana pela primeira vez ele sabia que ela seria a dona de seus pensamentos. A filha de Dóris vivia um sonho. Há muito tempo aquele menino era dono de seu coração. Casaram-se.

Dias depois, deixaram o palácio real para morar em uma fazenda onde teriam sua própria vida. Niguri e alguns serviçais os acompanharam na nova etapa. Era uma casa maravilhosa, toda de pedra, no alto de uma montanha. Era possível ver o palácio do rei e o monte onde Leesad meditou com o príncipe.

Ainda grávida e estabelecida como princesa, Mariana contou para Cibiê sua história desde Caranaú. Falou da família, da viagem de navio, do naufrágio, do sequestro por piratas, da fuga da aldeia, da casa de refugiados e do medo de ser mandada para Europa e ficar longe de Jaghar. A rainha ficou horas ouvindo sem emitir um som. Só falou quando Mariana acabou sua revelação:

— Querida filha, quando você estiver com sua criança nos braços, iremos em busca de seus pais. Você terá sua família de volta. Eu te prometo.

Mariana abraçou Cibiê. A rainha pediu que ela não contasse nada a mais ninguém. No momento certo, revelaria a história ao rei e pediria o apoio dele. A grávida concordou.

A volta do filho fez com que o rei começasse a investigar o sequestro do garoto. Ele queria saber quem teria feito tamanha barbaridade. As suspeitas recaíam sobre seu irmão, tio de Jaghar Segundo, mas não havia provas.

O tempo ia passando e aquilo perdia a importância. O monarca era muito inteligente e sabia que em toda família abastada existia a cobiça pelo poder e pelo dinheiro. As suspeitas não atrapalhariam que seu filho se tornasse o próximo rei de Kantak, a terra de pedra.

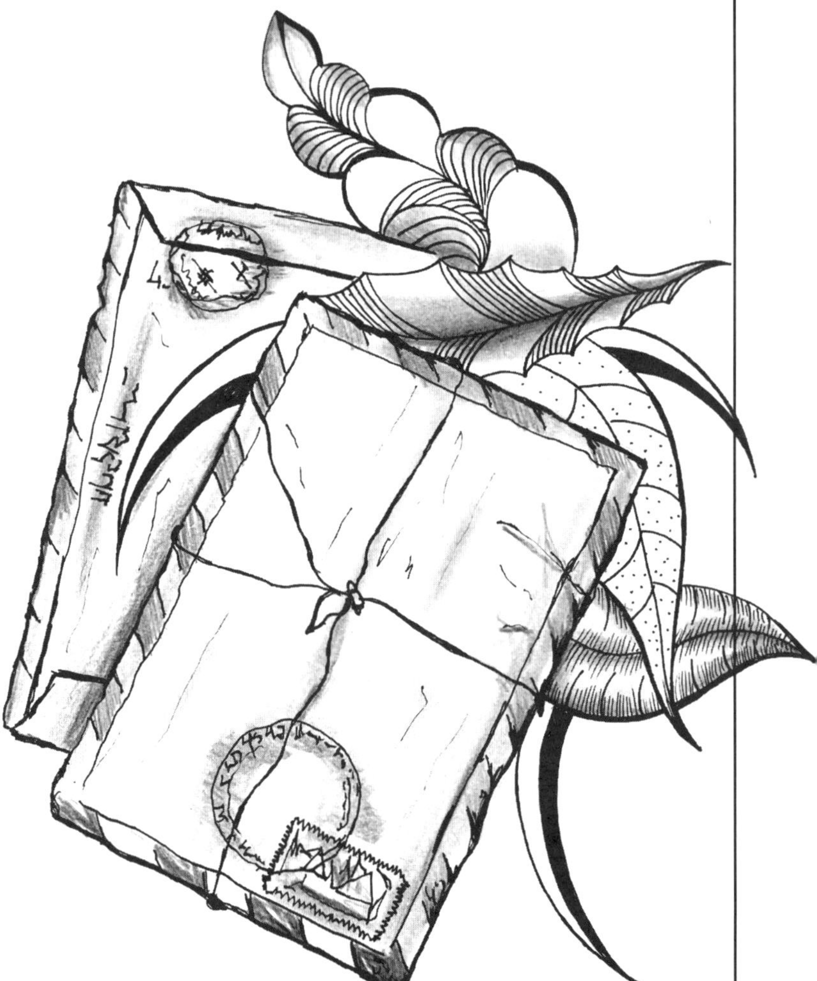

Capítulo 15

CAPRICHO DO DESTINO

Na noite de 11 de junho de 1983, Mariana deu à luz a uma menina linda, forte, de pele branca e cabelos lisos negros. A rainha ficou feliz e Jaghar Segundo ainda mais apaixonado por sua feiticeira e agora por sua bruxinha.

A notícia se espalhou pelos quatro cantos de Kantak. As mulheres do reino festejaram a chegada da filha da princesa dourada, como Mariana era chamada por todos.

O rei não estava presente e ficaria dois meses fora cuidando de assuntos diplomáticos. Os conflitos armados assolavam o continente e só faziam crescer a pobreza e a fome.

As pessoas tinham mais guerra do que paz nos corações. As mulheres, que deveriam ser as estruturas de amor e paz da sociedade, em geral se tornaram promotoras de discórdias e disputas. E os homens só fizeram crescer a ganância e a luta desenfreada pelo poder. Não havia mais um lugar na Terra que houvesse paz e fraternidade entre os povos.

Mesmo um rei justo como Jaghar Primeiro tinha posições políticas fortes e um exército muito bem armado para defender seu território e as nações amigas. Os inimigos mais comuns eram os comerciantes de minérios e diamantes que infestavam a África. O fanatismo religioso era outro fator que desencadeava conflitos. Grupos aliciavam crianças e jovens para defender com armas ideias absurdas.

Kantak era um país pequeno, afastado, em meio às montanhas e com um único acesso por estrada. Por causa disso, ficava mais fácil vigiar e defender as fronteiras. Jaghar Segundo se preparava para o futuro tendo aulas de história, geografia, línguas, administração. Porém, o mais importante agora era apreciar o nascimento da filha.

Mariana era ótima mãe e passava os dias brincando com a menina debaixo dos olhos de Niguri. Na tarde anterior ao parto, Mariana teve um sonho significativo. A filha, uma menina de pele branca, cabelos bem pretos e lisos e olhos cor de mel, brincava numa linda praia de areias brancas. A pequena corria ao lado de Dóris, que estava velha, de cabelos brancos e olhar triste, mas linda como sempre.

Mariana acordou do sonho com o coração apertado. Parecia mais uma visão do que propriamente um sonho.

Seis meses depois, a esposa de Jaghar Segundo estava muito abatida, enquanto a menina, que se chamava Iris, estava forte como um touro.

A rainha chamou o médico da família real para ver Mariana. Ele não fez um diagnóstico preciso, apenas receitou vitaminas e solicitou exames.

Niguri estava tão aflita que foi até a floresta para se encontrar com Leesad. Passou uma semana meditando em sua mentora, até que a velha feiticeira apareceu para esclarecer suas dúvidas.

Leesad revelou ao coração de Niguri a notícia mais triste de sua vida. Mariana estava correndo risco de morte e seria muito difícil salvá-la. Niguri voltou para Kantak arrasada e não revelou o segredo para ninguém.

Preta Lua ficou colada em Mariana e cuidava dela dia e noite. Fazia sua comida, dava as vitaminas e tentava estimular a princesa para que melhorasse rápido. Mas nada era suficiente. Melhorava um pouco e depois se abatia novamente.

Ao saber da doença da nora, o rei articulou para que médicos fossem para Kantak. Mariana também visitou a maior cidade do continente para fazer exames mais completos. Mesmo assim, ninguém conseguia detectar o que realmente ela tinha. Iris já havia deixado o peito da mãe e seguia forte e belíssima.

Jaghar Segundo era um marido presente e passava todo o tempo disponível ao lado da mulher e da filha. Cuidava de Mariana com muito amor e a levou para a Europa. A ideia era visitar outros médicos e hospitais capacitados para descobrir o que sua mulher tinha.

Oito meses depois de Iris nascer, numa manhã ensolarada, Mariana morreu.

Ela estava no quarto, deitada em sua cama nos braços de Preta Lua, com as janelas abertas para um lindo gramado. Niguri entoava cânticos em oração e o quarto estava com aromatizadores de ervas e velas acesas. A dor de Preta Lua escorria por seu rosto em lágrimas. Mas era uma feiticeira experiente e sabia que a morte era a transição da alma de um plano para outro. Mariana estava deixando o corpo doente e se libertando para uma nova dimensão.

Niguri deitou a menina nos travesseiros, cobriu a cabeça com um véu e saiu para avisar o jovem príncipe. A notícia quase o matou. Ele correu para o quarto, sentou-se ao lado da princesa, e sem derramar uma lágrima, ficou por horas velando seu corpo e entoando mantras que havia aprendido com a própria Mariana.

Foram meses de luto do jovem marido e da família real que amavam Mariana por sua doçura e personalidade singular. Iris cresceu forte sob os cuidados de Niguri e do pai, que via na filha a possibilidade de amor que havia perdido com a morte precoce de Mariana.

Passado um bom tempo, Niguri pediu ao príncipe que a liberasse para voltar à floresta. Já que Mariana havia partido e Iris já era uma menina forte e tinha todos os cuidados necessários, ela poderia seguir com sua vida.

— Minha Niguri, peço que fique até que Iris complete cinco anos. Por favor. Mas se for seu desejo, pode partir agora.

Niguri consentiu com a cabeça e seguiu cuidando de Iris.

A centenas de quilômetros, no vilarejo da praia dos coqueiros, Dóris havia comprado a casa que Tigu indicou. Ela e Titi fizeram uma reforma muito boa e viviam ali. Desfrutavam daquele paraíso e da companhia de Tigu e Leninha.

A mãe de Mariana não perdia a esperança de reencontrar a menina. Por isso, se instalou no último local que sua filha foi vista. A cada pista ou informação que aparecia, ela corria como louca atrás para ver se tinha chances de localizar a filha.

O tempo passava e paraísos como aquele eram descobertos por tantas pessoas, que compravam terrenos e construíam casas para veraneio ou para morar longe dos centros urbanos.

Após o episódio da fuga de Abedi e Mariana, Brandon fechou a casa de acolhimento e transformou o local em um posto de saúde para a comunidade. Ele deu segmento ao projeto de socorrer vítimas das guerras em outras regiões e com novos conceitos de acolhimento.

Não havia um dia sequer que Dóris não lembrasse do sonho na tarde que Mariana nasceu. Ela chegou naquele lugar e a filha estava ali. Por muito pouco, não se encontraram. Quando teve a informação precisa de onde a menina morava, Mariana fugiu com o menino do sonho.

Eram manobras e esquinas de uma história de vida dramática e cheia de amor. O paradoxo existencial escancarado na trama dos acontecimentos. Parecia que Caranaú tinha sido apenas o porto de chegada e a base. A vida real e cheia de desafios começou com a fatídica viagem de navio.

Eram noites e noites em que Dóris pensava que trocaria tudo por estar com sua filha novamente, nem que fosse no porão escuro do barco pirata.

Os dias ensolarados traziam ânimo aquela velha mãe e alguma esperança. Os dias de chuva traziam uma certa melancolia, que se dissipava com a alegria de viver de Titi. As duas fizeram uma cozinha com janelas viradas para o mar e passavam muitas horas fazendo quitutes e recebendo amigos para jogar conversa fora.

Dóris caminhava todos os dias na beira do mar. Não tinha a menor vontade de voltar para o Brasil. Seu coração dizia que a filha voltaria para ela e aquele lugar era o lugar certo para estar.

Em Kantak, o príncipe se envolvia cada vez mais com os afazeres do pai. Se integrava ao mundo administrativo com a sabedoria dos ancestrais. Iris era muito bem cuidada por Niguri e pela rainha Cibiê. Jaghar Segundo morava agora no palácio do pai e Iris era o brilho do lugar. Ela era muito brava e mandava em todos. Era motivo de piada entre o povo da região pois tinha a pele branca, cabelos bem negros lisos e olhos verdes amarelados de uma leoa.

Todos diziam que seria a rainha da selva e Niguri morria de rir daquilo. Por ter conhecido bem a mãe, tinha certeza de que Iris herdaria seus dons místicos.

Jaghar Segundo jurou nunca mais se casar. O rei era contra a decisão. De tempos em tempos, fazia arranjos para apresentar alguma princesa para o filho. Mas o jovem príncipe era um homem de palavra e havia jurado amor eterno para Mariana.

Quando Iris completou cinco anos, Niguri solicitou novamente ao príncipe que pudesse se retirar e ir viver na floresta.

— Querida Preta Lua, você é e sempre será a protetora de Iris, mas minha palavra será mantida. Pode ir quando quiser e poderá voltar a qualquer hora se desejar.

— Voltarei sempre para ver nossa princesa. Protegerei vocês à distância.

A rainha estava presente no momento e interrompeu:

— Niguri, antes de ir, preciso que me ajude a cumprir uma promessa que fiz a Mariana. Guardo esse segredo há anos.

— Promessa?! — O príncipe olhava assustado para a mãe — Por favor, conte o que prometeu.

Niguri observava em silêncio, já imaginando o que poderia ser. A rainha se levantou, pegou Iris, que corria pela sala, colocou em seu colo e se sentou:

— Mariana me contou a sua história desde a primeira infância. Prometi que, assim que ela desse à luz, eu a ajudaria a encontrar sua família no Brasil.

O rei entrou na sala. O príncipe olhou para o pai, que consentiu com um gesto, que a rainha continuasse falando. Demonstrou que já sabia da promessa da mulher:

— Mariana não está mais presente, mas Iris a representa agora. A mãe que não poderá mais ver a filha tem o direito de conhecer a neta. Ela dará à menina todo o amor que está guardado e poderá aliviar seu sofrimento. Eu cumprirei minha promessa.

O príncipe ficou em silêncio olhando para Niguri que falou para a rainha:

— Estarei ao seu lado até que cumpra a promessa.

A rainha sorriu e o rei novamente concordou.

Mariana havia dito a Cibiê seu nome completo, da mãe, do pai e o local onde moravam no Brasil. Com esses dados, poderiam encontrar sua família.

No dia seguinte, alguns funcionários administrativos começaram a investigação.

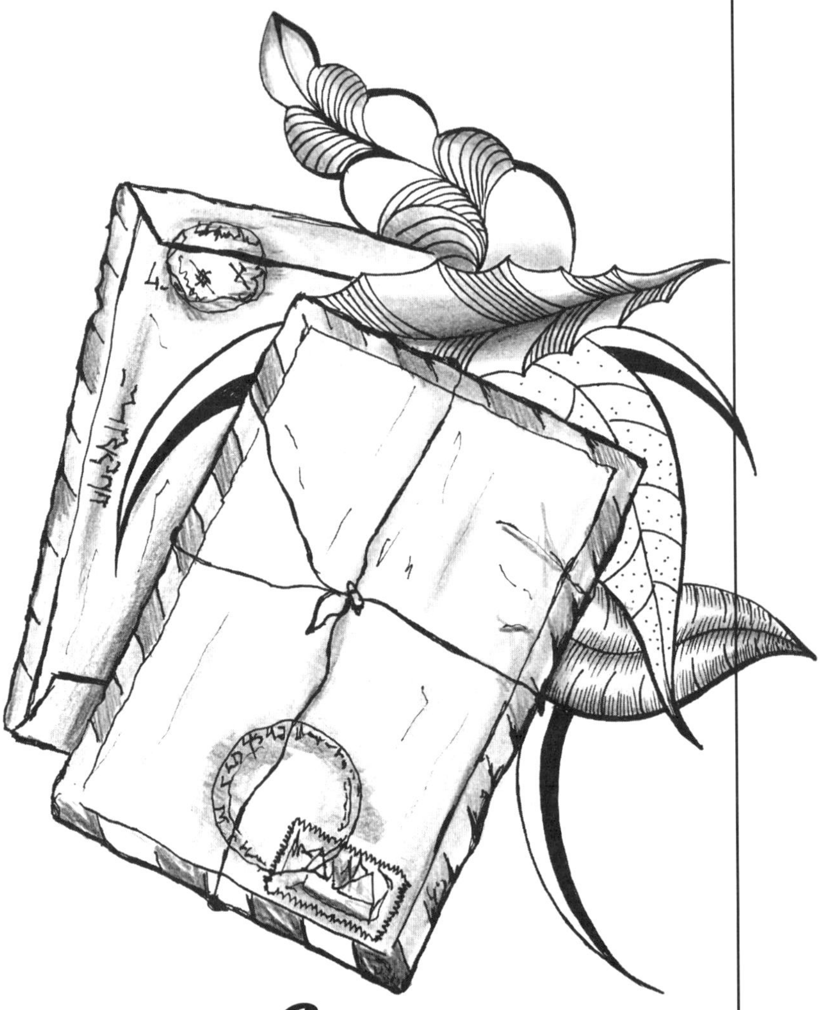

Capítulo 16

PRAIA DOS COQUEIROS

A rainha comprovou que a história de Mariana era verdadeira. Após o naufrágio, o pai havia morrido e a mãe deixou o Brasil e vivia na pequena vila de pescadores que Jaghar Segundo passou a infância.

Cibiê era astuta e não contou a ninguém sobre o resultado da investigação. Enquanto não pudesse ter certeza de tudo, não colocaria em risco o bem-estar da neta.

Ela enviou uma pessoa de confiança até a vila de pescadores na praia dos coqueiros para que confirmasse que Dóris realmente vivia lá. Queria saber todos os detalhes discretamente. O sacerdote do rei era um homem muito inteligente e sabia transitar por todos os cantos sem ser percebido. Foi ele o escolhido para a missão.

Após uma semana, o velho voltou com boas notícias. A mãe de Mariana buscava incansavelmente a filha perdida mesmo depois de tanto tempo.

As informações comoveram demais a rainha. Ela chamou o filho e Niguri para pensarem juntos qual seria a melhor forma para abordar Dóris. Apresentar Iris e contar a história de Mariana sem que houvesse problemas não seria fácil. A mãe sofrida e ainda cheia de esperanças precisaria acreditar em tudo para estabelecer uma relação de amor com a neta.

Jaghar Segundo tinha um coração puro e seus olhos refletiam as melhores intenções:

— Eu e Niguri vamos com Iris. Contarei tudo para ela e apresentarei a neta.

A rainha consentiu com um sorriso. Niguri se levantou:

— Partimos amanhã antes do sol nascer.

Jaghar deu uma risada alta:

— Ela ainda manda em mim como se eu fosse um garotinho.

As duas riram e se apressaram para preparar tudo para a viagem.

No dia seguinte, saíram as quatro da manhã num ótimo carro. A rainha mandou outro veículo com homens da guarda real para indicar o lugar exato onde Dóris morava. A viagem foi longa. O maior desafio era encontrar locais apropriados para hospedar um príncipe e sua comitiva sem chamar demais a atenção.

Numa manhã de sábado, após três dias de chuva intensa, Dóris acordou cedo e, como de rotina, foi caminhar pela praia.

O sol nascia vermelho no horizonte e uma leve brisa fazia com que os coqueiros acordassem em uma dança simétrica e cheia de ternura.

Dóris sentia-se bem e admirava o contraste turquesa do mar com espumas brancas das ondas, que açoitavam a areia da praia. Os pássaros estavam de forma incomum agitados e o céu ganhava tons vibrantes de vermelho, laranja e lilás numa paleta de cores indescritível.

No meio da praia, um vento soprou forte no rosto de Dóris e arrastou várias folhas reunidas num redemoinho. Ela parou para observar aquele fenômeno natural. Mais e mais folhas se juntaram e o redemoinho cresceu, ganhou força e subiu. Quando atingiu uma certa altura, cessou de repente. As folhas caíram na areia formando um enorme coração.

Dóris ficou parada observando as folhas idênticas as das cartas da amiga mística. Sorriu e falou alto sozinha:

— Zahra, você está sempre presente. Quando me trará Mariana?

A velha mãe já tratava do assunto com o misticismo que ele merecia. Ela continuou a caminhada apreciando a beleza da natureza. Chegando ao final da praia, virou-se para retornar para casa. Nesse momento, avistou um lindo rapaz moreno, forte, com calça branca de algodão, sem camisa e colares no pescoço. Ele vinha determinado em sua direção. Imediatamente ela reconheceu o menino de seu sonho! O coração disparou e a cabeça virou um furacão de pensamentos e emoções.

Era Jaghar Segundo vindo em sua direção. Ele olhava diretamente para ela com um leve sorriso no rosto. O príncipe lindo não passaria desapercebido em lugar nenhum. Ele brilhava como ônix e os olhos cor de âmbar iluminavam o rosto.

— Dóris?! É esse o seu nome, né?

— Sim! — As pernas ficaram bambas — Esse é meu nome. Quem é você?

Muito educado e cordial, ele estendeu a mão e, com a cabeça baixa, anunciou:

— Sou Jaghar Segundo, filho do rei de Kantak. Sou marido de Mariana.

Ao ouvir aquilo, Dóris caiu de joelhos. O rapaz se ajoelhou e a amparou. Ele a colocou sentada de frente para o mar. Quebravam ondas enormes na beira da areia. Dóris chorava e não conseguia dizer nada. Enquanto isso, Jaghar colocou a mão sobre sua cabeça e aguardou pacientemente que ela se recuperasse.

Depois de alguns minutos, Dóris se levantou:

— Onde está minha filha? Ela está bem?!

Ele a convidou para continuar a caminhada antes de responder. Ela aceitou e, segurando no braço do príncipe, caminharam de volta.

Jaghar ficou em silêncio por alguns minutos sem responder à pergunta. Essa atitude preparava o coração de Dóris. Próximos da casa de Dóris, Jaghar parou e segurou nas mãos dela:

— Mariana está bem, mas não está aqui. Sua filha nos deixou. Ela me pediu antes de partir que eu trouxesse aqui todo o seu amor.

Dóris era intuitiva e, assim que Jaghar falou aquilo, olhou para o lado em direção à sua casa. Lá estava Preta Lua, Titi e Iris, que saiu correndo até os dois. A mãe de Mariana entendeu tudo e ficou paralisada vendo a menina correr pela areia.

Iris era a mistura de Mariana com Jaghar, mas sua beleza era muito superior à dos pais. Dóris sentiu uma onda de amor tomando conta do corpo.

A brisa havia cessado, os coqueiros se aquietaram. Apenas o mar continuava bravo. A cena e os sons naturais causavam um tipo de embriaguez. Dóris só conseguia olhar para a menina linda de cabelos pretos e olhos de leoa vindo em sua direção. Aquela mãe sofrida conseguiu ver os traços da filha na garotinha que corria alegre pela praia.

Iris chegou perto de Dóris, que de joelhos, a convidou para abraçar. A pequena aceita o abraço e pergunta:

— Vovó?

Dóris apertou a neta contra o peito num abraço cheio de amor e esperança que estava guardado há tempos.

Ficaram abraçadas por segundos preciosos. Aquele abraço durou uma eternidade e transbordou de amor. O contato físico com a neta e a palavra vovó atingiram a alma.

Iris se soltou do abraço, saiu correndo enquanto todos assistiam à cena. De repente, parou e apontou para a casa:

— Olha ali na cerca da casa! Tem um pássaro!

Todos olharam e realmente havia um pássaro pousado. Era lindo, com cores vivas em tons de marrom, vermelho e dourado. Mas não era um pássaro comum. Era um pássaro de folhas.

FIM

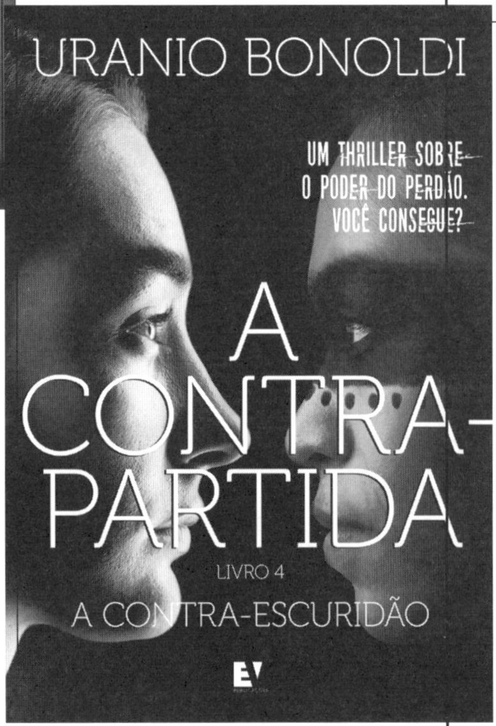

Conheça Outros Livros

EV Publicações

A História da Cachorra que Mudou a Minha Vida e Vai Mudar a Sua Também

Já imaginou levar seu relacionamento com seu cão a um nível mais profundo, descobrindo possibilidades que vão além do papel tradicional de tutor? Neste livro divertido e inspirador, o autor compartilha como sua vida foi completamente transformada pela Golden Retriever Julieta que, através de uma inesperada paraplegia, o ensinou a redescobrir a alegria de viver e amar.

Esta história real e emocionante, fundamentada nos mais recentes conhecimentos sobre a relação humano-animal, é um guia para todos que têm ou desejam ter cachorros. Uma obra que celebra e aprofunda esse vínculo especial, oferecendo uma oportunidade única de cura e autoconhecimento através da conexão com nossos companheiros caninos.

A Contrapartida
livro 4: O Poder do Perdão

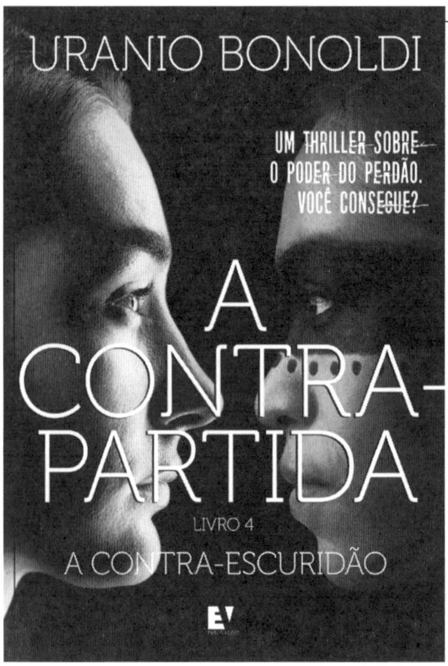

Em *A Contrapartida – livro 4: O Poder do Perdão*, o quarto volume da épica série de Uranio Bonoldi, acompanhamos a jornada do Dr. Octávio, cuja vida é transformada pelos sobreviventes da lendária tribo indígena Moxiruna. Este thriller não apenas mantém a intensidade dos volumes anteriores, mas também mergulha nas complexidades dos personagens, onde virtudes e vícios se entrelaçam de forma irresistível.

A narrativa aborda questões contemporâneas da maior relevância como a preservação da Amazônia, a corrupção governamental e os jogos corporativos. Ambientada entre São Paulo, Amazonas e Distrito Federal, a trama surpreende com reviravoltas inesperadas. Com uma estrutura narrativa sólida e descrições meticulosas, o autor transforma a leitura em uma experiência enigmática e profundamente envolvente, mantendo o leitor cativado do início ao fim.

As Patas que Forjaram meu Caminho

Como seria sua vida se sua convivência com animais não humanos fosse mais intensa do que com seres humanos? Neste livro, a autora compartilha suas experiências transformadoras de convívio com animais, permitindo que você repense suas próprias relações com esses seres especiais, que ela carinhosamente chama de "teleguiados".

A obra revela como a perfeição das normas do universo animal pode ser aplicada a nós, humanos, quando substituímos o orgulho e a prepotência pelo respeito e humildade. Aceite o convite para transformar sua vida e a de seu amigo não humano, descobrindo as maravilhosas possibilidades de evolução e desenvolvimento mútuo que esse relacionamento oferece.

PUBLICAÇÕES